FAHRENHEIT

Als der Zufall sich zwischen die Stühle setzte

JONAS KARLSSON

Aus dem Schwedischen von **Susanne Dahmann**

FAHRENHEIT

Mehr über unsere Autoren und Bücher:
www.fahrenheit-verlag.de

Die Originalausgabe erschien 2007 unter dem Titel
»Det andra målet« bei Wahlström & Widstrand, Stockholm.

Published by agreement with Salomonsson Agency

Der Verlag dankt dem Swedish Arts Council für die
freundliche Förderung der Übersetzung.

FSC
Mix
Produktgruppe aus vorbildlich bewirtschafteten
Wäldern und anderen kontrollierten Herkünften
www.fsc.org Zert.-Nr. GFA-COC-001223
© 1996 Forest Stewardship Council

ISBN 978-3-940813-16-9

Lektorat: Friederike Arnold
Gesetzt aus der Slimbach Medium
Satz: BuchHaus Robert Gigler, München
Druck und Bindung: CPI – Clausen & Bosse, Leck
Printed in Germany

Für Hanna

I

Das zweite Tor

Nachdem du von dem ersten Tor erzählt hast, das du im entscheidenden Freundschaftsspiel zwischen BK Högarna und Viking Söder erzielt hast, wie du einen Ball auf den Fuß genommen hast, der in die Tiefe des Raumes geschossen worden war, wie du dann allein mit dem Torwart warst und das Leder eiskalt in die Ecke auf der Innenseite des Torpfostens platziert hast. Nachdem du in der Küche demonstriert hast, wie du mit ausgestreckten Händen an deinen Mannschaftskameraden vorbeigerannt bist, eine Tortreffergeste, die du einem sehr bekannten Brasilianer abgeguckt hast, wobei du schon ewig darauf gewartet hast, sie endlich einmal anwenden zu können. Da fragt einer nach dem zweiten Tor. Und in dem Augenblick, als alle dich ansehen und auf die Fortsetzung warten, dich anlächeln und auffordernd anschauen, alle Einzelheiten hören wollen, da wird dir klar, dass du gar kein zweites Tor geschossen hast, dass du es nur gedacht hast, gedacht hast, wie schön das wäre. Es vor dir gesehen hast.

Und als sie dich fragten, wie viele Tore du geschossen hast, hast du gesagt:

»Zwei.«

Jetzt aber fällt dir ein, dass du nur eins geschossen hast. Und das hast du bereits beschönigt, du hast ziemlich dick aufgetragen.

Du zögerst ein paar Sekunden, und das genügt, um zu bemerken, dass sie dich durchschaut haben, dass sie kapiert haben, wie die Dinge eigentlich liegen. Aber sie sind nett und lassen dich weitermachen. Das Ergebnis ist ihnen egal. Sie wollen dich einfach erzählen hören.

Damit findet eine wortlose Übereinkunft zwischen euch statt, und mit derselben Begeisterung wie zuvor erzählst du von einem Tor, das du nie geschossen hast.

Danach fängst du an, über dieses Tor nachzudenken, das es nie gegeben hat und das dennoch so wirklich für dich war, dass du am Ende fast geglaubt hast, es tatsächlich geschossen zu haben. Und diese Sekunden aufrichtigen Erstaunens, das dich überkam, als sie dich danach fragten. Und du musst unwillkürlich denken, dass du wirklich gute Kumpel hast, die dich nicht ins Messer laufen lassen und die Situation für euch alle höchst peinlich machen.

Aber trotzdem ist es schade, dass sie die Wahrheit niemals erfahren werden. Denn die Wahrheit ist, dass deine beschönigende Erzählung von diesen beiden sehr raffinierten Kunststücken, von denen du behauptest hast, sie auf dem Fußballfeld in Szene gesetzt zu haben, nicht im Entferntesten das Gefühl wiedergeben kann, welches das eine, ziemlich simple Tor in dir hinterlassen hat, das du wirklich geschossen hast.

Im Gondolen I

Mein Freund und ich wollten im Gondolen zusammen Mittag essen. Um halb eins. Zwanzig nach zwölf war ich da. Der Oberkellner begrüßte mich am Eingang.

»Wie viele Personen?«

»Ich und noch jemand.«

»Dann nehmen Sie doch bitte so lange an der Bar Platz.«

Der Garderobier nahm mein Jackett und hängte es auf.

Ich setzte mich an die Bar und bestellte ein Ramlösa.

Viertel nach eins rief mein Freund an und sagte, er könne nicht kommen. Er habe es vergessen. Und übrigens, waren wir nicht für morgen verabredet?

»Nein, wir hatten heute gesagt.«

»Ich war ganz sicher, wir hätten morgen ausgemacht.«

»Hm, ja, aber es war heute.«

Wir beschlossen, dass wir uns stattdessen am folgenden Tag am selben Ort treffen würden. Wir legten auf, und ich fand es komisch, dass er mich heute angerufen hatte, wo er doch dachte, wir seien für morgen verabredet gewesen.

Ich trank das Ramlösa aus und bezahlte. Als ich mein Jackett von der Garderobe holte, meinte der Garderobier, dass ich nicht zu bezahlen bräuchte. Es sei ja nichts gewesen.

»Was hätte denn sein sollen?«

»Es ist niemand gekommen.«

Am nächsten Tag kam ich pünktlich um halb eins. Mein Freund war nicht da. Ich wartete ein Weilchen draußen, aber dann ging ich rein.

»Wie viele Personen heute?«, fragte der Oberkellner.

»Heute? Heute sind wir zwei«, erwiderte ich.

Ich gab das Jackett an der Garderobe ab und setzte mich an die Bar. Der Barkeeper war mit einer Gruppe ausländischer Gäste beschäftigt, die ziemlich schlechtes Englisch sprachen. Ab und zu sah er zu mir herüber, als wollte er um Entschuldigung dafür bitten, dass es so lange dauerte.

Die Gäste waren Asiaten und regten sich über irgendetwas auf, was wohl weder ich noch der Barkeeper begriffen.

Als er so weit war, fragte er, was ich haben wolle. Ich bestellte ein Ramlösa.

Um zehn vor eins war mein Freund immer noch nicht erschienen, also schickte ich ihm eine SMS aufs Handy:

Sitze an der Bar.
Wo bist du? Heute ist der Tag.

Um ein Uhr hatte ich immer noch nichts von ihm gehört, also bezahlte ich das Ramlösa und ging.

Der Garderobier lächelte mich an, als ich das Jackett holte.

»Ist heute auch niemand gekommen?«, fragte er.

»Nein«, lachte ich, »das Treffen ist verschoben. Muss mich beeilen.«

Ich warf schnell einen Zwanziger auf den Tresen.

»Stimmt so«, sagte ich.

Etwas später am Nachmittag rief mein Freund an und klang gestresst.

»Verdammt, Johan. Tut mir voll leid. Heute ist was unglaublich Blödes passiert.«

»Ach ja, was denn?«

»Das ist eine lange Geschichte. Wenn du willst, erzähle ich dir alles morgen.«

Ich fragte, warum er nicht auf meine SMS geantwortet habe, aber er sagte, er habe keine Nachricht bekommen.

»Sorry. Können wir uns nicht morgen zur selben Zeit zum Mittagessen treffen? Ich lade dich ein.«

Ich sagte, das sei okay.

Tags darauf rief ich auf dem Weg zum Gondolen meinen Freund an.

»Hallo, hier Johan.«

»Ja, hi.«

»Wollte nur checken, ob du auch kommst.«

»Na klar. Heute sehen wir uns, oder?«

»Ach ja? Also bis gleich?«

»Klar.«

An der Garderobe war dasselbe Personal. Ein Typ in meinem Alter, der mich begrüßte, als würden wir uns kennen. Halb versteckt hinter den Jackenreihen stand noch jemand. Ganz still, als wäre er auch nur ein Kleidungsstück. Unsere Blicke begegneten sich für einen Augenblick, und ich fragte mich, ob er hier arbeitete oder nur seinen Freund an der Garderobe besuchte. Aus irgendeinem Grund fühlte ich mich jetzt, da ich ihn gesehen hatte, genötigt, Hallo zu sagen. Er lächelte und grüßte zurück.

Als ich an die Bar kam, stand der Barkeeper da und telefonierte. Er sah mich an und formte irgendeinen Satz mit dem Mund. Er zeigte auf das Mineralwasser. Ich nickte.

Ich bekam mein Ramlösa und rief wieder meinen Freund an. Es war besetzt. Der Barkeeper telefonierte weiter. Ein paarmal lachte er laut. Sah mich an und lächelte.

Ich versuchte erneut anzurufen, aber es war immer noch besetzt.

Fünf Minuten später kam der Barkeeper zu mir und sagte, mein Begleiter würde sich etwas verspäten.

Ich sah ihn an, und er hatte dieses kleine untertänige Lächeln aufgesetzt, das nur bei wirklich professionellem Bedienungspersonal anzutreffen ist. Einen Moment lang ließ ich mich hinreißen zu glauben, dass ich in dieser Situation der Überlegene sei.

»Woher wissen Sie das?«, fragte ich.

»Er hat angerufen.«

»Wo hat er angerufen?«

»Hier. Haben Sie noch einen Wunsch?«

»Ich würde gern die Karte sehen«, erwiderte ich.

»Sofort.«

Er verschwand, und ich rief noch einmal meinen Freund an, aber jetzt war das Telefon ausgeschaltet. Seine Mailbox sprang sofort an. Ich legte auf, ohne etwas draufzusprechen.

Der Typ von der Garderobe kam zur Bar. Er sagte etwas zum Barkeeper, der daraufhin lachte. Ich fragte mich, ob er wohl den anderen Typen von der Garderobe auch kannte.

Nach einer Weile sah ich meinen Freund in einiger Entfernung durch das Lokal gehen. Er trug einen Anzug, aus dessen Brusttasche ein rotes Taschentuch schaute. Er ließ den Blick durch das Lokal schweifen, und ich wollte ihm gerade winken, als er plötzlich jemand anders erblickte und sich an einem weiter entfernten Tisch niederließ. Er schüttelte einem Mann im Anzug und dessen Begleitung, einer Frau in einem Kleid, die Hand.

Ein Kellner trat an den Tisch, sie bekamen die Karte und bestellten alle drei etwas zu trinken. Dann kam der Kellner zur Bar. Er hatte eine Karte für mich dabei.

»Ich habe jetzt einen freien Tisch. Möchten Sie sitzen?«

»Ja, bitte.«

Der Kellner gab mir einen Tisch direkt neben meinem Freund, der angeregt mit dem Mann ihm gegenüber redete. Nach einer Weile sah er auf und entdeckte mich.

»Da bist du ja, Johan, kennst du Douglas? Er wird nächste Woche nach China umziehen. Douglas, Johan. Johan, Douglas.«

Douglas streckte seine Hand aus, und ich musste mich erheben und zu ihm hingehen.

»Setzen Sie sich doch zu uns«, sagte Douglas.

Ich zog den vierten Stuhl hervor und setzte mich hin.

Wir bestellten, und das Essen kam. Douglas erzählte von seiner neuen Arbeitsstelle in Shanghai. Ein Hersteller von Spielen, der ein neues Internet-Spiel auf den Markt brachte, bei dem man sich paarweise über das Handy einloggte, um sich dann gegenseitig rauszukicken.

»Das ist nicht nur ein Spiel, sondern auch ein soziales Experiment«, sagte er.

Die Frau in dem Kleid und ich saßen uns gegenüber, aber wir unterhielten uns nicht. Nach dem Essen tranken wir Kaffee und jeder aß sein kleines Petit Four von einer winzigen Papierserviette. Die Frau in dem Kleid aß nur die Hälfte.

Dann sagte mein Freund, er müsse auf die Toilette gehen. Ich auch, sagte ich. Auf dem Klo standen wir eine Weile nebeneinander, ohne dass einer von uns pinkeln konnte. Ich fragte meinen Freund, ob er etwas gegen mich habe.

»Wieso fragst du das denn?«

»Ich dachte nur so. Warum hast du das Telefon ausgeschaltet?«

»Ich habe es nicht ausgeschaltet. Der Akku ist leer.«

Wir schwiegen kurz. Dann pinkelten wir beide ein wenig.

Als wir zum Tisch zurückkehrten, sagte mein Freund, er müsse jetzt gehen. Er würde von sich hören lassen.

»Ist grade ziemlich viel los im Büro«, sagte er.

Douglas nickte zustimmend, so als würde er wirklich verstehen, wie das gemeint sei. Ich merkte, dass ich auch nickte.

Er umarmte Douglas und die Frau in dem Kleid.

»Bis dann«, sagte er zu mir.

Douglas und ich blieben am Tisch sitzen, während die Frau in dem Kleid auch zur Toilette ging.

»Wollen Sie nicht gehen?«, fragte ich.

»Wir müssen ja wohl erst bezahlen«, erwiderte er.

»Ich meine, auf die Toilette?«

»Nicht nötig.«

Nach einer Weile klingelte das Handy von Douglas. Er steckte den Kopfhörer ins Ohr und nahm das Gespräch entgegen. Der Kellner kam mit der Rechnung, aber Douglas machte eine abwehrende Handbewegung, als ich nach meiner Brieftasche griff. Er warf eine American-Express-Karte hin und zeigte auf das Telefon, als würde derjenige am anderen Ende zu dem ganzen Festessen einladen.

Als die Frau in dem Kleid zurückkam, standen wir beide auf und Douglas schüttelte mir die Hand, wobei er weiterhin in sein Handy sprach. Als ich der Frau in dem Kleid zögernd zuwinkte, lächelte sie mich an, ehe sie zum Ausgang gingen.

Ich blieb noch ein paar Minuten sitzen und sah aus dem Fenster. Zog den Finger über das Tischtuch und drückte ihn auf die kleine Papierserviette vom Nachtisch. Dann stand ich auf und ging zur Garderobe.

Der Garderobier legte das Jackett auf den Tresen und hängte das Plastikschild auf den Haken zurück.

»Fünfundzwanzig Kronen«, sagte er.

»Ach so?«, antwortete ich. »Okay.«

Im Gondolen II

Meine Freundin und ich wollten im Gondolen zusammen zu Mittag essen. Um zwanzig nach elf war ich da. Der Oberkellner begrüßte mich am Eingang und fragte, wie viele wir sein würden.

»Zwei«, sagte ich. »Meine Freundin und ich.«

Der Oberkellner lächelte, und ich bereute sofort, dass ich so eilfertig geklungen hatte.

»Dann setzen Sie sich doch in der Zwischenzeit an die Bar.«

Ich gab meine Jacke an der Garderobe ab, setzte mich an die Bar und bestellte ein Ramlösa.

Der Barkeeper sah mich an, und ich schaute aus dem Fenster. Nach ungefähr zwanzig Minuten war meine Freundin immer noch nicht gekommen, und der Barkeeper fragte, ob ich noch einen Wunsch hätte.

Ich bestellte noch ein Ramlösa. Er brachte es und legte einen Bon über zwei Mineralwasser unter das Glas.

Fünf Minuten vor zwölf hatte ich auch das andere Ramlösa ausgetrunken. Ich bezahlte, legte einen Zehner Trinkgeld auf den Tresen und ging.

Auf dem Rückweg traf ich Henrik. Er sagte, dass er gerade mit meiner Freundin Kaffee getrunken habe.

»Wir haben den Ministerpräsidenten gesehen«, sagte er.

»Ehrlich?«

»Ja. Das war total lustig, du hättest dabei sein sollen.«

»Was hat er gemacht?«

»Nichts Besonderes. Wir haben ihn einfach nur gesehen.«

Dann erzählte er, dass meine Freundin dem Ministerpräsidenten gewunken und er gelächelt und zurückgewunken habe.

Wir verabschiedeten uns, und ich ging nach Hause in meine

Wohnung. Dort war es sehr heiß, weshalb ich ein paar Fenster aufmachte. Dann stellte ich das Handy auf lautlos, legte es auf den Tisch im Flur, ging ins Wohnzimmer und machte auf volle Lautstärke eine CD an. Ich goss ein paar Blumen, die so aussahen, als könnten sie es gebrauchen, und warf zwei, drei Pullover in eine Reisetasche. Danach überprüfte ich, ob ich irgendwelche Nachrichten gekriegt hatte, aber das Handy zeigte absolut nichts an. Ich packte noch eine Weile weiter, das Handy in der Hand. Dann schmiss ich es so kräftig in die Tasche, dass sich ein kleiner Plastiksplitter vom Gehäuse löste.

Viertel vor eins beschloss ich, anzurufen und herauszufinden, was passiert war. Nach dreimaligem Klingeln ging sie ran.

»Ja, hallo«, sagte ich. »Dieses Mittagessen, war das morgen?«

»Nein«, erwiderte meine Freundin, »Wir hatten heute gesagt.«

»Ach wirklich? Ich war völlig sicher ...«

»Hm, ja, aber es war heute.«

»Wo war das noch gleich? Also, bist du jetzt da?«

»Ja.«

»Ach verdammt, es ist ja ... ach so. Sorry. Da muss ich mich getäuscht haben. Entschuldige. Ich war ganz sicher ...«

Es entstand ein langes Schweigen.

»Kann ich das wiedergutmachen«, fuhr ich fort, »indem ich dich stattdessen morgen zum Mittag einlade?«

»Gut.«

»Gleiche Zeit, gleicher Ort?«

»Gut.

»Ich lade dich ein«, sagte ich und legte auf.

Ungefähr eine Stunde lang ging ich planlos in der Wohnung umher. Goss Wasser in die Gießkanne, um dann festzustellen, dass ich ja bereits die Blumen gegossen hatte. Machte den Fernseher an und sah drei Minuten eine Sendung an, die »Wer ist wer?« hieß. Ich wusste nicht, wer irgendwer war. Ich legte mich aufs Bett und versuchte mich zu erinnern, was Danke auf Chinesisch heißt. Daraufhin nahm ich das Handy raus und schrieb eine SMS, die ich wieder löschte.

Ich stand lange da und überlegte, ob ich ein Foto von meiner Freundin und mir mitnehmen sollte. Es war vor einigen Jahren auf Långholmen gemacht worden. Meine Freundin und ich hängen an einer Liane über dem Wasser. Sie hat gerade losgelassen und wird gleich im Wasser untertauchen. Ich hänge noch dran. Glotze mit diesem dummen Grinsen in die Kamera. Henrik hat das Bild gemacht, und im Hintergrund sieht man seinen Ghettoblaster, in dem die Erik-Gadd-Kassette steckte. Den ganzen Sommer über hörten wir Erik Gadd. Ich warf das Foto in die Reisetasche.

Am nächsten Tag ging ich in die Buchhandlung am Götgatsbacken. Ich dachte, ich könnte vielleicht ein kleines Geschenk für meine Freundin kaufen. Um mich für gestern zu entschuldigen. Ich stand am Taschenbuchregal und schwankte zwischen einem Abenteuer mit jähem tödlichen Ausgang und einer Geschichte voller sprudelnder finnischer Erzählfreude. Am Ende nahm ich die finnische Erzählfreude und ging zur Kasse.

»Haben Sie Coletho gelesen?«, fragte der Typ an der Kasse und hielt ein Buch hoch.

Ich schüttelte den Kopf.

»Richtig gut«, sagte der Buchhändler und nickte langsam mit dem Kopf, wie um zu betonen, wie sehr er diesen Autor schätzte.

»Lyrik?«, fragte ich.

»Mehr wie das Leben«, sagte der Typ an der Kasse und nickte wieder mit dem Kopf.

Ich sagte, dass ich mit dem Finnen vollauf zufrieden sei und bat, das Buch als Geschenk einzupacken. Danach steckte ich das Päckchen in die Jackentasche.

Eine Viertelstunde später war ich wieder im Gondolen an der Bar.

Neben mir saß ein älterer Mann mit Bart und einem etwas altmodischen Anzug mit Weste. Er atmete so durch die Nase, wie es sehr dicke Menschen manchmal tun, aber er schien nicht sonderlich übergewichtig zu sein. Mit einem Mal wandte er sich an mich.

»Haben Sie keine Arbeit, oder was?«

»Wie bitte?«

»Hängen hier den ganzen Tag herum. Ich hab Sie gestern auch schon gesehen.«

Er drehte sich wieder um und grummelte weiter ins Leere.

»Das hat es früher nicht gegeben.«

Ich saß einen Moment lang schweigend da.

»Man muss schließlich was essen«, sagte ich dann.

Der Mann schnaubte und drehte sich weg.

Ich lachte so laut und entspannt, wie ich konnte, und versuchte mit aller Kraft an etwas anderes zu denken. Der Mann mit dem Bart wühlte in seiner Jacketttasche und fischte schließlich ein Taschentuch heraus. Er faltete es ein paarmal, trocknete sich rasch den Mund ab und stopfte es zurück. Rieb sich den Bart und atmete.

Um Viertel vor zwölf war meine Freundin immer noch nicht gekommen. Der Bärtige hingegen saß nach wie vor da, und nach dem zweiten Ramlösa fragte der Barkeeper, ob ich auf jemanden warten würde.

»Ich warte auf meine Freundin«, sagte ich.

»Nimmt es wohl nicht so genau mit der Zeit, Ihre Freundin, oder?«

Der Mann mit dem Bart wand sich, und es war schwer zu erkennen, ob er schnaubte oder einfach nur heftig atmete. Ich sah zu ihm, aber er hatte den Blick fest auf Kvarnholmen draußen vor dem Fenster gerichtet.

»Manchmal sehen wir uns, manchmal nicht. So einfach ist das«, entgegnete ich und umfasste das Geschenk in der Tasche, damit es nicht herausschaute und man es sah.

Ich blieb noch eine Weile sitzen. Dann bezahlte ich mein Ramlösa und ging.

Als ich an dem Garderobier vorbeikam, merkte ich, dass er mich anschaute, und ich versuchte, seinen Blick so weit wie möglich zu erwidern, ohne dabei geisteskrank zu wirken.

Nachdem ich draußen ein Stück gegangen war, fiel mir ein, dass ich mich vielleicht in der Zeit geirrt hatte. Was hatten wir denn mit »gleiche Zeit« gemeint? Ich machte kehrt und ging ein paar Meter zurück. Dann drehte ich mich wieder um und blieb stehen. Ich holte das Päckchen heraus und schaute es an. Es war inzwischen ein wenig geknautscht.

Nach einer Weile drehte ich um und machte mich wieder auf den Weg zum Restaurant, blieb aber erneut nach nur wenigen Metern stehen.

Ich stand mitten auf der Straße vor dem Södra-Theater. Die Kirchturmuhren schlugen zwölf, und schon bald kam ein Auto, das hupte, damit ich zur Seite trat. Ich starrte den Fahrer unverwandt an, und er erwiderte meinen Blick. Dann setzte ich mich in Bewegung, um nach Hause zu gehen.

Etwas später am Tag rief ich meine Freundin an.

»Ja?«

»Und?«

Wir schwiegen eine Weile.

»Im Büro ist heute was unglaublich Blödes passiert.«

»Was denn?«

»Das erzähl ich dir später.«

»Ich war heute wieder da und habe gewartet.«

»Ich auch.«

»Warum hast du nicht angerufen?«

»Ich habe gedacht, du hättest dich in der Zeit geirrt.«

»Nein, du hast dich geirrt.«

In der Wohnung war es sehr heiß, und ich ging während des Gesprächs herum und öffnete die Fenster, die immer noch geschlossen waren. Meine Freundin machte lange Pausen und gab mir das Gefühl, dass es an mir sei, das Gespräch fortzusetzen. Ich zwängte mich aus dem T-Shirt und musste das Telefon kurz weglegen. Als ich es wieder in die Hand nahm, herrschte immer noch Schweigen.

»Hallo?«, fragte ich.

»Ja«, sagte meine Freundin.

Ich nahm ein Hemd aus dem Schrank und warf es in die Reisetasche. Gleich darauf nahm ich dasselbe Hemd wieder heraus, legte es in den Schrank zurück und warf ein anderes in die Tasche, nur um es einen Moment später wieder herauszunehmen und das erste Hemd wieder hineinzuwerfen.

Schließlich beschlossen wir, uns am nächsten Tag wieder im Gondolen zu verabreden.

»Wir können es auf jeden Fall versuchen.«

»Ja.«

Ich sagte auch Ja und legte auf, ohne Tschüss zu sagen.

Es war immer noch heiß in der Wohnung. Ich warf mich aufs Bett und versuchte mich zu erinnern, was »Schön, Sie kennenzulernen« auf Chinesisch hieß. Irgendwie meinte ich, es sei wǒ néng dài wǒ-de nǚ-peng-you.

Ich nahm das Geschenk aus der Jackentasche und riss das verknitterte Papier auf. Lag eine Weile da und blätterte vorsichtig in der deftigen finnischen Erzählung, um sie dann wieder in neues, frisches Papier einzuwickeln.

Später am Abend, als ich gerade einschlafen wollte, fiel mir ein, was ich dem Bärtigen an der Bar hätte antworten können. Ich hätte fragen sollen, wie es möglich war, dass er die Zeit hatte, jeden Tag dort zu sitzen.

Ungefähr zwanzig Minuten lag ich da und dachte über verschiedene Varianten dieser Situation nach.

Als ich am nächsten Tag ins Gondolen kam, saß meine Freundin mit einem Ramlösa in der Hand an der Bar. Sie trug ein dunkelrotes Kleid mit einem eleganten Muster, das vom Rock über den Bauch und die Brust nach oben verlief. Die Haare waren zu einem Knoten hochgesteckt, der mit nur einer einzigen schwarzen Haarnadel befestigt zu sein schien. Sie sah ein wenig älter aus, war aber schöner denn je, und ich fragte mich, ob sie sich wohl für mich schön gemacht hatte. Sie sah glücklich aus. Das verunsicherte mich.

Der Barkeeper kam und sagte, der Tisch stehe jetzt bereit.

Er ging vor uns her und zog zwei Stühle, die nebeneinander standen, hervor. Auf seine Anweisung hin setzten wir uns.

»Freust du dich, mich zu sehen?«, fragte ich.

Ehe sie antworten konnte, erblickte ich Pär, der den Mittelgang entlangkam. Sein Blick irrte durch das Lokal, als würde er nach jemandem suchen. In der Brusttasche trug er ein großes rotes Taschentuch, und ich konnte nicht umhin, mich zu fragen, ob dieses Taschentuch eine Art Zeichen war. War er unterwegs zu einem Blind Date?

Er entdeckte uns, seine Gesichtszüge hellten sich auf, und er sank auf den Stuhl mir gegenüber.

»Douglas!«, rief er aus. »Ich dachte, du seist in China.«

»Ich fahre übermorgen«, erwiderte ich. »Und was machst du so?«

»Ach, so dies und das. Läuft ziemlich schleppend.«

Ich wollte gerade erklären, dass wir momentan alle Hände voll zu tun hätten, als meine Freundin fragte, ob er uns nicht Gesellschaft leisten wolle.

»Sehr gern«, sagte Pär und lächelte sie an. Sie lächelte zurück. Was war denn mit einem Mal so lustig?

Nach einer Weile kam ein Bekannter von Pär und setzte sich an unseren Tisch. Er stellte sich vor, und wir bestellten alle vier etwas zu essen.

Ich redete ununterbrochen von meinem neuen Job. Pär hörte

zu und stellte die ganze Zeit Fragen. Er wollte alles über das neue Spiel wissen, das ich auf dem Markt einführen sollte, wo ich wohnen würde, was ich insgesamt von China hielt. Ich erklärte, dass Shanghai nicht unbedingt repräsentativ für ganz China sei, dass mir jedoch die Mischung aus alter chinesischer Tradition und der neuen kommerziellen Welt gefalle, und wenn er irgendwann einmal dorthin käme, müsse er die English Corner besuchen, wohin die Bewohner von Shanghai gingen, um Englisch zu reden. Meine Freundin sagte nichts. Weder zu mir und noch zu dem anderen Typen. Etwas später bemerkte ich, dass sie sich reckte und ein Gähnen unterdrückte. Ich redete weiter und versuchte so oft wie möglich zu lachen.

Als wir aufgegessen hatten, gingen Pär und sein Freund beide aufs Klo. Wir saßen eine Weile schweigend nebeneinander, den Blick geradeaus in die Ferne gerichtet, als würden wir auf etwas warten. Vor uns saß eine größere Gesellschaft, die offenbar einen Geburtstag feierte. Es wurden Reden gehalten und man stieß an.

Schließlich fragte ich, den Blick immer noch in die Ferne gerichtet, ob sie etwas gegen mich habe.

Sie drehte sich herum und sah mir direkt in die Augen.

»Und du?«, fragte sie.

»Was?«

»Ich glaube, es ist das Beste, wenn wir uns eine Weile nicht sehen.«

»Das werden wir ja sowieso nicht tun, oder? Ich gehe nach China.«

»Ja. Und ich glaube, das ist am besten so.«

Ich wandte meinen Blick wieder der Festtagsgesellschaft zu, wo sich jetzt alle erhoben hatten und das Geburtstagskind hochleben ließen. Ich versuchte mir vorzustellen, wie es sich anfühlen würde, wenn ich auf dem neu gebauten Flugplatz in Pudong landete und mich in ein Taxi Richtung Stadt setzte, um dort zu bleiben. Einen Monat? Ein Jahr? Das ganze Leben? Ich drehte mich wieder zu ihr und legte die Außenseite der Hand neben ihren

Arm. Mein Zeigefinger bewegte sich wie von selbst in ihre Richtung. Das war absolut nicht geplant, aber bald fühlte es sich wie eine Geste an, als ob ich mit diesem Finger irgendetwas wollte. Sie ließ den Arm liegen. Ließ mich sie berühren.

»Eine Sache muss ich allerdings wissen«, begann ich. »Sind wir nicht mehr als Freunde?«

»Ich kann das nicht …«, sagte sie und schluckte, »… dieses Spiel.«

Sie schwieg, doch ich konnte ihren Atem hören und merkte, dass sie jetzt schneller atmete. Ich wusste, dass ich etwas sagen sollte, aber mir fiel nichts ein. Und das Schweigen, was dann folgte, war kein entspanntes Schweigen. Es war ein unangenehmes Schweigen. Ich saß da, hatte beide Hände auf dem Tisch und spürte, wie die sprudelnde finnische Erzählkunst durch die Tasche an meinem Oberschenkel rieb. Als die anderen zurückkamen, entschuldigte sie sich und schlich sich davon auf die Toilette. Pär ging, und ich saß mit dem anderen Typen da, dessen Namen ich schon vergessen hatte. Er versuchte, ein Gespräch anzufangen, aber ich konnte einfach nicht zuhören, und kurz bevor meine Freundin zurückkam, täuschte ich ein dringendes Telefongespräch vor. Und als wir aus dem Restaurant gingen, tat ich die ganze Zeit so, als würde ich mit jemandem reden.

Draußen an der Garderobe sah ich, wie der Bärtige bezahlte. Unsere Blicke begegneten sich, und ich nutzte die Gelegenheit, lauter zu reden und ein paar Namen von bekannten Wirtschaftsleuten fallen zu lassen. Endlich bekamen wir unsere Mäntel, und an den Fahrstühlen zeigte ich auf die Treppe nach oben. Meine Freundin schüttelte den Kopf und nickte zu dem Fahrstuhl nach unten. Ich drückte sie zurückhaltend, jedoch liebevoll mit meinem freien Arm an mich, während ich weiter ins Handy sprach. Auf dem Weg die Treppe hinauf warf ich ihr eine Kusshand zu.

Sogar als ich mich bereits schon auf dem Katarinagången befand, redete ich immer noch mit mir selbst. Nach wie vor mit der finnischen Erzählkunst in der Tasche.

Als ich aufwache, ist sie weg

Ich habe geträumt, ich würde mit Lena im Gondolen zu Mittag essen. Sie hat geredet und geredet, aber ich habe nicht verstanden, was sie gesagt hat. Ein Mann mit einem roten Taschentuch ist an unserem Tisch vorbeigegangen. Als ich den Mund aufmachen und Lena antworten wollte, brachte ich keinen Ton heraus, und wie sehr ich mich auch immer bemühte, es schien, als würde sie mich nicht bemerken.

Als ich aufwachte, war sie weg. Ich lag allein im Bett. Die Schatten von den Ästen vor dem Fenster wogten lautlos über die weiße Wand, die wie Schnee über den leeren Platz neben mir leuchtete. Nachdem sich die Augen daran gewöhnt hatten, sah ich, dass die Wand überhaupt nicht weiß war, sondern hellgrün. Wie immer. Es war eine fantastische Tapete. Abends und nachts hatte man den Eindruck, sie sei dunkelgrün. Als ich sie das erste Mal sah, dachte ich: Bordell. Überall im Zimmer standen brennende Kerzen, und vielleicht wirkte die Tapete deshalb so dunkel. Jetzt im Morgenlicht sah sie ganz frisch aus. Mit ihrem aparten Muster wirkte sie rein und unschuldig. Sie muss sehr teuer gewesen sein.

Ich rollte auf ihre Seite hinüber und versuchte, etwas von ihrer Wärme aufzufangen, doch der Stoff war so kühl wie bei einem nicht benutzten Hotelbett. Ich bohrte die Nase in ihr Kissen und sog wie eine Drogensüchtige ihren Geruch ein. Sie war weg, und mir wurde klar, dass es immer so sein würde. Wenn ich aufwache, ist sie weg.

Im Februar bin ich bei Lena eingezogen. Im Grunde, ohne es zu merken. Eines Tages gab sie mir ein paar Schlüssel und sagte, es sei wohl am besten, wenn ich jetzt eigene hätte. Ich aß, arbeitete und schlief dort und hatte dort Sex. Und trotzdem bin ich mir immer noch unsicher – habe ich überhaupt je bei Lena gewohnt?

Also, ich habe mich auf jeden Fall dort aufgehalten, so viel ist sicher.

Ich lag da und starrte an die Decke. Mein Blick folgte einem kaum sichtbaren Riss. Wann der wohl entstanden war, fragte ich mich. Es war eine ältere Wohnung, und bis zu der abgerundeten Stuckdecke waren es sicherlich vier Meter. Schon früh an diesem Morgen spürte ich, dass etwas auf mir lastete. Etwas drückte mich nieder. Lag wie ein Gewicht auf meinen Füßen und Beinen. Ich hob den Kopf und sah an der Bettdecke herunter. Am Fußende des Bettes lag ein Haufen mit Wäsche, ein paar CDs, ein paar Zeitungen, Büchern. Alles durcheinander. Typisch Lena, einen Haufen Sachen auf dem Bett auszubreiten, ohne sich darum zu scheren, dass ich dort lag. Ich trat mit dem Fuß unter der Decke dagegen und sah, wie der ganze Kram mit einem Rums auf den Boden rutschte. Meine Füße genossen den bequemen Platz, den sie sich geschaffen hatten, wobei ich merkte, dass ich diese Schwere während des Schlafens schön gefunden hatte. Sie gab mir Sicherheit. Als ob etwas auf mir ruhen würde. Jetzt war das Gefühl weg.

Ich stand auf und räumte die CDs in ihr CD-Regal zurück. Stellte ein paar Bücher da hin, wo ich dachte, dass sie hingehörten, und stopfte Wäsche in die Maschine. Alle ihre hellen Kleidungsstücke aus dünnen Materialien. Ich war nicht einmal sicher, ob man sie überhaupt in der Waschmaschine waschen durfte. Ich machte mir nicht die Mühe, nachzuschauen.

Als ich die Zeitung im Flur holte und dabei noch einen BH und eine Cremedose einsammelte, die herumlagen, hatte ich das bestimmte Gefühl, die Hausfrau in unserer Beziehung zu sein. Lange hatte ich mir eingebildet, das große Abenteuer für sie zu sein. So behandelte sie mich, versteckte sich mit mir. Hielt unsere Beziehung geheim. Liebte verboten und mit ungestümer Leidenschaft. Und da ich sonst keinen festen Anlaufpunkt hatte und nur das Zimmer in der Zweizimmerwohnung in Bergshamra, die ich mit Richard teilte, akzeptierte ich alle ihre Bedingungen. Ich genoss sie sogar. Genoss es, diese Art Dasein frei von Forderungen zu führen. Genoss es, keine Verantwortung übernehmen, einfach nur da sein zu müssen und an dem Bereich ihres Lebens teilhaben zu können, der der intensivste zu sein schien. Der lebendige Teil. Wie spannend konnte es schon in ihrem Ministerium sein? Wie aufregend konnte es sein, ständig an verschiedenen Paragraphen herumzubasteln, um es allen recht zu machen? Mit allen gut Freund sein, aber trotzdem respektiert zu werden. Und gleichzeitig zu versuchen, ein bisschen von dem, für das man kämpft, durchzusetzen, sich für diese Veränderung einzusetzen, die Lena stets als ihre Energiequelle bezeichnete. Der Gedanke, den Unterschied auszumachen, den Glauben an das System, vielleicht sogar an eine Ideologie. Gab es ihn immer noch? War das noch Wirklichkeit? Oder hatte es sich nur in etwas verwandelt, was gut klang? War es nur ein Traum? Spielte es überhaupt eine Rolle? Sie war so fröhlich, als sie dieses eine Mal zu mir nach Bergshamra kam und in der Wohnung herumging, als wäre sie bei einer Besichtigung. Sie stellte ihre Handtasche im Flur ab und behielt ihre Schuhe an. Sah sich um wie eine Touristin. Hob Papiere und Bücher hoch. Machte Schränke und Schubladen auf. Richard war bei einem Rollenspiel in Uppsala. Er wäre sowieso gefahren, jetzt jedoch bekam er die Möglichkeit, seine Abwesenheit als gute Tat anzusehen, da ich die Wohnung für mich allein brauchte. Lena betrachtete eine Weile seinen Spielplan.

»So was macht ihr?«, fragte sie.

»Was heißt hier ›ihr‹?«, erwiderte ich. »Meinst du wir unter vierzig?«

Sie schlug mir leicht mit der Hand auf die Wange. Dann küsste sie mich und wir hatten Sex auf Richards Spielplan. Die Schuhe behielt sie an.

Die Wohnung, für die ich die Schlüssel bekam, diente nur zum Übernachten. Es war nicht ihr eigentliches Zuhause. Sie wohnte nicht dort. Trotzdem merkte ich sehr deutlich, dass ich von dem Tag an, als ich eigene Schlüssel zu dieser Zweitwohnung bekam, mich von einem großen Abenteuer in eine Hausfrau verwandelte.

Ich ging in die Küche und suchte die Teekanne. Machte mir eine Tasse Tee und setzte mich mit der Morgenzeitung an den Küchentisch. Ich schaltete das Radio ein und versuchte, die Nachrichten zu verfolgen und dieselben Artikel in der Zeitung zu finden. Die Bilder und Texte gleichzeitig im Blick zu behalten, als ob sie durch die Luft zu mir geschwebt kämen.

Ich fragte mich, wie lange es wohl dauern würde, bis Lena kam. Drei Minuten. Dann hörte ich ihre schöne, ruhige Stimme sagen, dass wir uns keine Sorgen machen sollten. Dass wir ein gutes Sicherheitssystem hätten und das ganze Ministerium mit voller Kraft daran arbeitete, die Lage in den Griff zu kriegen.

Das Bild in der Zeitung war nicht sonderlich gut. Sie sah beunruhigt aus. Etwas abwesend. Hätte man nicht gewusst, wer sie war, hätte man glauben können, dass sie durch ein Versehen dort gelandet war, dass man sie als Repräsentantin für den Durchschnittsbürger, den Mann auf der Straße, neben eine Menge von Politikern gestellt hatte.

Trotz des schlechten Fotos fand ich sie sehr schön. Sie hatte etwas an sich, das immer schön war, egal was man auch tat. Egal was sie auch immer tat. Womöglich war das der Grund, warum es ihr gelang, alles weitgehend unbeschadet zu überstehen. Vielleicht liebten sie deshalb alle, trotz ihrer Position.

Doch vor allem wurde mir klar, dass die Frau da in der Zeitung und diejenige, die im Radio sprach, nicht das Geringste mit meiner Lena zu tun hatte. Es war, als handelte es sich um zwei verschiedene Personen. Welche war wohl die echte?

Im Radio sagte sie, wir sollten Ruhe bewahren. Es sei in unser aller Interesse, keine Panik zu erzeugen. Wenn wir Schritt für Schritt vorangingen, würde der Sturm über uns hinwegfegen, und schon bald würde alles wieder normal sein. Sie sagte außerdem, dass es zu Anfang etwas ungewohnt sein könnte, wir uns aber daran gewöhnen müssten, denn so würde die Welt heute nun mal aussehen.

Obwohl es ein Geheimnis sein sollte, musste ich es Richard erzählen, als er aus Uppsala nach Hause kam und sich fragte, wer seinen Spielplan ruiniert hatte.

»Warum zum Teufel ist der so verknittert?«, fragte er und hielt den misshandelten Spielplan hoch.

Ich erzählte es ihm, und er verzieh mir fast sofort oder buchte es auf jeden Fall unter überraschende Ereignisse ab, als er hörte, dass Lena und ich das gewesen waren.

»Das heißt, diese Ministerin hat auf meinem Spielplan gefickt? Verdammt, dann werde ich ihn wohl einrahmen müssen. Glaubst du, man kann ihn über E-Bay verkaufen?«

Ich erklärte ihm, dass das alles unbedingt geheim gehalten werden musste und dass er der Einzige sei, der davon wisse.

Er und Lenas Assistent Tomas. Der wusste alles. Lena hatte gesagt, das sei notwendig, und so wie ich es verstand, konnte ich noch froh sein, dass er nicht dabei war, wenn wir miteinander schliefen, denn ansonsten war er überall. Manchmal kam er mit Lena rauf in die Wohnung und saß, während wir aßen, mit am Tisch, als wäre er ein Familienmitglied. Er redete, schrieb und kümmerte sich nicht sonderlich um mich. Ab und zu begrüßten wir uns, und nach einer Weile gewöhnte ich mich daran, dass er immer an Lenas Hacken hing. Er war es immer, der anrief, wenn sie sich verspätete oder plötzlich irgendwo anders hinfahren musste. Wenn überhaupt irgendjemand anrief. Meist wartete ich, und manchmal tauchte sie auf, manchmal nicht.

Ein einziges Mal war er unverkennbar wütend auf mich. Wir saßen in Lenas Auto. Tomas fuhr und ging gleichzeitig mit ihr den Ablauf für eine Sendung im Frühstücksfernsehen durch. Ich hatte darum gebeten, mit in die Stadt fahren zu können, um dann am Karlaplan auszusteigen. Lena saß vorne neben Tomas, und ich, wie der Teenager der Familie, hatte den Rücksitz für mich allein. Am Sveavägen fiel mir ein, dass ich meine Seminarunterlagen vergessen hatte, und ich fragte, ob wir noch mal umdrehen könnten. Tomas sagte, das sei unmöglich, Lena jedoch hatte nichts dagegen. Also wendeten wir wieder. Auf dem Rückweg starrte er mich fortwährend im Rückspiegel an, als wäre ich ein Sicherheitsrisiko.

Einmal kam Lena mitten am Tag kurz in der Wohnung vorbei, und wir schliefen leidenschaftlich und hastig im Schlafzimmer miteinander. Tomas saß währenddessen im Flur. Zwischen Lenas Stöhnen konnte ich hören, wie er da draußen mit den Autoschlüsseln klapperte, ungeduldig mit den Füßen scharrte und eine Melodie summte. Es könnte »Komm und umarme mich« von Nanne Grönvall gewesen sein.

Irgendwann fragte ich, ob ihm das nicht manchmal peinlich sei oder ob er es nicht unangenehm fände, immer auf Lena und mich warten zu müssen. Darauf sah er mir tief in die Augen und antwortete, er habe schon vor langer Zeit aufgehört, irgendetwas peinlich zu finden. Da wurde mir klar, dass ich möglicherweise nicht die Erste war, die die Schlüssel für Lenas Fünfzimmer-Zweitwohnung in Vasastan bekommen hatte.

Ich war nicht böse. Mir tat vor allem sie leid, weil sie alles verheimlichen musste. Sie hatte keine Familie, keinen Lebensgefährten, keine Kinder. Es gab einen Magnus irgendwo im Hintergrund, dem ich aber nie begegnet war, den sie allerdings sehr gern in den Medien erwähnte, sobald sich die Gelegenheit bot. Was wiederum den Eindruck verstärkte, dass er eine Art Tarnung darstellte.

Das Traurigste war, ich konnte mit niemandem über uns reden. Deshalb hatte ich das Gefühl, dass wir gar nicht richtig zusammen waren. Aber vielleicht waren wir das auch nicht.

»Diese Ministerin«, meinte Richard. »Das ist ja wie in einem schlechten Film.«

Danach äußerte er sich so gut wie gar nicht mehr dazu. Ich konnte niemals etwas erzählen, und als er mit der Zeit immer noch keine Antworten bekam, hörte er auf zu fragen. Ich wohnte immer weniger in Bergshamra und hielt mich immer mehr in Vasastan auf. Rein äußerlich betrachtet gab es schon gewisse Unterschiede. In Lenas Wohnung stand ein Großbild-Fernseher und eine Stereoanlage von Bang & Olufsen. Häufiger saß ich den Abend und die ganze Nacht über allein da und wartete auf Lena. Ich habe mir Filme angeschaut oder Platten gehört und verflucht, niemals meine Freunde mit hierher bringen zu können, um diese Hightech-Ausrüstung einmal jemandem zu zeigen, der sie wirklich zu schätzen wusste. Lena schaute niemals irgendeinen Film an. Manchmal schaltete sie den Fernseher ein, um die Nachrichten zu sehen oder Videotext zu lesen. Sie besaß ein paar hoffnungslos schlechte Sampler-CDs, und ich hielt es für meine Aufgabe, ihre CD-Sammlung zu aktualisieren. Ich lief in die verschiedensten Secondhandläden, um die richtigen Titel zu finden, und bestellte im Internet. Ich weiß nicht wirklich, ob sie jemals eine davon anhörte. Einmal habe ich sie gezwungen, ein paar Lieder von Essex Green zu ertragen. Stocksteif saß sie auf dem Sofa, schielte auf die Uhr und lächelte, während sie ohne Taktgefühl ein wenig mit dem Kopf nickte. Ich kaufte Bücher für sie, die ich mochte. Bob Hansson und Coletho.

Doch am schlimmsten war es mit Henrik und Douglas. Wir waren eine Art eingeschworene Gemeinschaft, wir drei. Zu Anfang riefen sie wie gewöhnlich andauernd an, um mich zu überreden, mit ihnen in die Kneipe zu gehen. Die Armen. Und ich entgegnete immer, dass ich es nicht versprechen könne, ich hätte so viel zu tun. Als sie fragten, wo ich denn sei, behauptete ich, ich sei zu Hause bei jemandem von der Uni. Irgendwann hörten sie auf anzurufen. Henrik jedenfalls. Douglas schickte weiterhin SMS, und mit jeder Nachricht, auf die ich eine immer lustigere Antwort zu finden versuchte, nahm mein schlechtes Gewissen zu.

Ich vermisste sie. Ich vermisste uns. Sie waren ein natürlicher Teil meines Lebens, und das war fast immer so gewesen, in der

Mittelstufe und im Gymnasium. Sicher stellten wir eine sehr wilde Mischung dar, die immer zusammenhielt, aber nie untereinander eine Beziehung einging. Wir teilten alles. Wir schummelten uns in die Klubs rein. Wir fanden heraus, wo man das billigste Bier bekam. Einundzwanzig Kronen auf der Malmskillnadsgatan. Wir hörten nächtelang Musik. Schrieben Briefe an Stars, rauchten. Einmal wetteiferten wir, wer die meisten süßen Stückchen und Kuchen im Café Opera essen konnte. Dort hatten sie ein Kuchenbüfett mit einem speziellen Angebot: Für fünfzig Kronen konntest du so viel essen, wie du wolltest. Wir ließen alle drei sowohl das Frühstück als auch das Mittagessen ausfallen. So gegen fünf Uhr nachmittags bezahlten wir unsere fünfzig Kronen und stopften dann Tortenstücke und Kekse in uns hinein. Douglas führte Protokoll. Ein süßes Stückchen war so viel wert wie vier Kekse. Mehrmals kam die Bedienung zu uns und sagte, wir sollten jetzt mal einen Punkt machen. Henrik hat fast nur Kekse gegessen und gewonnen. Danach ist er zum Hockeytraining gefahren und hat aufs Eis gekotzt.

Henrik und Douglas hatten schon im letzten Jahr im Gymnasium eine gemeinsame Wohnung, wo ich ziemlich viel herumhing. Sie war wie mein zweites Wohnzimmer. Nein, wie mein erstes Wohnzimmer. Dann bekam jeder von ihnen einen Hauptmietvertrag, und Henrik sorgte dafür, dass ich das Zimmer bei Richard in Bergshamra mieten konnte.

Als wir mehr Geld hatten, um etwas zu unternehmen, trafen wir uns regelmäßig zum Mittagessen im Gondolen. Das war Henriks Idee. Er hatte entdeckt, dass man, wenn man sich an das Tagesgericht hielt und nur ein Ramlösa dazu nahm, mit unter hundert Kronen davonkam. Aber bald verdienten sowohl Douglas als auch Henrik noch mehr Geld, sodass das kein Thema mehr war.

Als ich Lena einmal von uns dreien erzählte, kriegte sie diesen etwas sorgenvollen Blick. Als ob sie eifersüchtig sei. Als ob sie niemals eine vergleichbare Freundschaft erlebt hätte. Schnell wechselte sie das Gesprächsthema, und ich dachte bei mir, dass sie wahrscheinlich niemals eine solche Jugendzeit gehabt hatte.

Ich zeigte ihr ein Bild von uns dreien auf Långholmen. Eins von diesen Sommerfotos, die jemand von einem Ereignis macht, ohne weiter darüber nachzudenken. Man drückt den Auslöser im Vorübergehen, während man gerade dabei ist, etwas anderes zu tun, ein Handtuch zu holen, Saft zu trinken oder sich ins Wasser zu werfen – und in der nächsten Sekunde hat man den Augenblick schon vergessen. Aber auf der Linse wird er festgebrannt und für immer verewigt. Steckt da drin im Kamerakopf, irgendwann wird er herausgenommen, entwickelt und zum Bild eines ganzen Sommers.

Lena schaute es sich niemals richtig an. Sie warf einen zerstreuten Blick auf das Foto, lächelte und machte dieses »Hm«, was sie immer tut, wenn sie eigentlich keine Zeit hat, zu reagieren, jedoch nicht unhöflich sein möchte.

Irgendwann voriges Jahr begriff ich, dass Douglas in mich verliebt war. Plötzlich wirkte er so angespannt. Wollte sich mit mir allein treffen, was mich verärgerte. Wo ich doch schon so wenig Zeit für meine Freunde hatte, wollte ich sie nicht auch noch aufteilen müssen.

Es kam mir vor, als würde er vorgeben, ein Mysterium zu sein, als versuchte er, sich in ein Rätsel zu verwandeln, das ich allein vor langer Zeit schon gelöst hatte. Es nervte mich, dass er nicht mehr normal sein konnte, sondern alles in kryptische Scharaden verpacken musste.

Mit einem Mal konnten wir nicht mehr miteinander reden.

Als wir uns das letzte Mal sahen, wollte er, dass ich mit ihm nach China gehe. Darauf hatte er es jedenfalls abgesehen.

Wenn er es auch nicht aussprach.

Ich saß da in meinem neuen Kleid und merkte, wie mein Inneres sich weiter und weiter von ihm und meinem alten Ich entfernte, hin zu dem Ort, an dem es bereits mit seinem Körper angelangt war: bei Lena. Ich merkte, wie ich mehr und mehr ihre Form, ihre Art annahm. Ich war drauf und dran, tantig zu werden. Und es gefiel mir.

Er unternahm einen letzten verzweifelten Versuch, mich mit einem streichelnden Zeigefinger zurückzuhalten. Doch das war so erbärmlich, dass ich nur eine Art ignorierende Zärtlichkeit empfinden konnte.

Vor einem Monat bekam ich eine Karte aus Shanghai. Sie war in derselben Rätseltechnik geschrieben.

Zwei soll nicht eins und eins sein.

Das war an diejenige gerichtet, die ich seiner Meinung nach sein sollte. Ich wusste selbst nicht, wer ich war.

Ich glaubte, ich wüsste, wer Lena war.

Ich saß am Küchentisch, während ich sie im Radio hörte und sie gleichzeitig in der Zeitung betrachtete, als das Telefon klingelte.

Ich ließ es ein paar Mal klingeln. Mir war es strengstens untersagt, an ein Festnetztelefon zu gehen, aber nachdem es mindestens zehnmal geklingelt hatte, nahm ich den Hörer ab. Es war Tomas.

»Hallo.«

»Ja?«, sagte ich fragend.

»Warum ist dein Handy ausgeschaltet?«, giftete Tomas mich an. Er klang angestrengt, gestresst.

»Der Akku ist leer«, sagte ich.

»Dann häng es ans Ladegerät«, zischte er, was wie ein Peitschenhieb klang. »Du weißt doch, dass du nicht an dieses Telefon gehen darfst.«

»Ja, aber …«, versuchte ich. Tomas unterbrach mich sofort.

»Liegt bei dir irgendwo Lenas Kalender herum?«

»Äh, ich weiß nicht«, sagte ich.

»Dann sieh mal nach, ich warte so lange.«

Ich ging durch die Wohnung und suchte überall, kein Kalender. Nicht in der Küche, nicht im Flur. Tomas am anderen Ende der Leitung wurde immer ungeduldiger. Schließlich fand ich den Kalender in dem Haufen, der während der Nacht auf meiner Bettdecke gelegen und den ich auf den Fußboden gekickt hatte.

»Hier ist er«, rief ich.

»Gut«, sagte Tomas. »Ich komme und hole ihn.«

Er warf den Hörer auf, und ich stand da, mit Lenas Kalender in der Hand. Es war ein elektronischer Kalender, der aussah wie ein kleiner Computer. Lena besaß Massen von solchem elektronischen Zubehör. Ihr ganzer Alltag war mit kleinen Maschinen angefüllt. Irgendetwas an der Art, wie sie damit umging, sagte mir, dass es ihr eigentlich am meisten Spaß machte, diese Dinge anzuschaffen. Sie wollte mehr besitzen als benutzen. Meist lagen sie überall verteilt herum. Ich legte mich auf das Bett und klappte den Deckel auf. Innen klebte ein Post-it-Zettel auf dem Display.

»Jessika«, stand da. Und eine Telefonnummer.

Der ganze Zettel war vollgekritzelt, und er hätte mich auch nicht weiter interessiert, wenn da nicht zwei kleine Herzen gewesen wären.

Um den Namen und die Nummer hatte Lena Rechtecke und Quadrate gemalt und sie mit geometrischen Mustern ausgefüllt. Kleine, kleine Vierecke und Striche, die sich über den Zettel schlängelten. Nur in den zwei Kästchen nicht, wo sich die kleinen Herzen befanden.

Ich weiß nicht, ob es Einbildung war, aber der Zettel fühlte sich warm an. Das kann die Wärme von dem Notebook gewesen sein, aber es war abgeschaltet. Ich nahm den Zettel, lag für einen Moment da und betrachtete ihn, folgte den Mustern, die Lena gemacht hatte und blieb immer wieder an den zwei Herzen hängen. Irgendwann ging die Tür.

Ich fuhr hoch und zog Lenas Morgenrock an, und schon stand Tomas keuchend im Schlafzimmer.

»Du könntest wenigstens klopfen«, sagte ich.

»Reg dich ab. Wo ist er?«

Ich zeigte auf das Bett, wo der Kalender lag. Tomas zögerte einen Moment, als ob er erwartete, dass ich ihm den Apparat geben würde. Dann ging er zum Bett, nahm ihn und eilte ohne ein Wort in den Flur und schlug die Eingangstür hinter sich zu. Seine Stiefel hinterließen nasse Spuren auf dem Fußboden. Ich stand immer noch in Lenas Morgenrock und mit dem Post-it-Zettel in der Hand da.

Ziellos lief ich in der Wohnung umher. Ich versuchte zu lernen, aber das ging nicht. Fing an, einen Roman über einen finnischen Pastor zu lesen, der sich in die Frau seines Nachbarn verliebte, und gab nach drei Seiten auf. Nachdem ich ein paar Blumen gegossen hatte, schloss ich das Handy ans Ladegerät an, schaltete es ein und wartete darauf, dass es klingelte. Nichts tat sich.

Eine halbe Stunde später rief er an. Er klang ebenso aufgebracht wie am Vormittag, trotzdem hörte ich sofort, dass er einen anderen Ton anschlug. Er war nicht wirklich gestresst. Allerdings wollte er gern den Eindruck erwecken, als würde dieses Gespräch nur dazu dienen, die Angelegenheiten des Staates abwickeln zu können. Er arbeitete sich vor.

»Du«, sagte er.

»Ja?«, fragte ich.

»Lenas Kalender. Lag da irgendwas drin?«

»Nein, wieso?«

»Ok, keine Zettel, Notizen oder so?«

»Da war eine Telefonnummer«, antwortete ich.

»Ach so, was für eine Telefonnummer?«

»Ich weiß es nicht. Jessika stand da.«

»Aha. Wie lautete die Nummer?«

»Wer ist Jessika?«

Er schwieg für einen Augenblick.

»Wie war noch gleich die Nummer?«

Einen kurzen Moment lang erwog ich, eine völlig andere

Nummer zu nennen und danach selbst die richtige Nummer anzurufen, um herauszufinden, wer diese Jessika war. Aber ich verwarf den Gedanken sofort und las treu und brav die richtige Nummer vor, wiederholte sie sogar.

»Gut«, sagte Tomas.

»Wann kommt Lena?«, fragte ich.

Schweigen in der Leitung. Es war genauso so lange still, wie Tomas brauchte, um Lenas Blick zu suchen, die ihm daraufhin mit einer raschen Bewegung andeutete, was er antworten sollte. Das hatte ich schon hundertmal erlebt.

»Es wird spät werden«, sagte er. »Sie hat hier volles Programm, und außerdem muss sie noch mal kurz bei Magnus vorbei.«

Wir legten auf, und ich ging mit dem kleinen Post-it-Zettel in die Küche. Dort fand ich eine Streichholzschachtel. Ich zündete den Zettel an und warf ihn ins Spülbecken. Der kleine gelbe Zettel wurde zu Asche. Ich spülte ein wenig nach. Auf dem rostfreien Stahl blieb ein kleiner Brandfleck zurück.

Abends aß ich ein Mikrowellengericht von den Weight Watchers und schaute mir die Unterhaltungssendung »So soll es klingen« und die Hälfte eines Spielfilms mit Rolf Lassgård in der Hauptrolle an. Dann schlief ich ein.

Als ich am nächsten Tag aufwachte, wurde mir klar, dass sie weg war. Ich sah auf meinem Handy nach, aber da war nichts. Nachdem ich das Radio angemacht hatte, kochte ich Tee und blätterte die Morgenzeitung durch. Im Radio war die Rede von einem Dokument, das Lena hätte übergeben werden sollen. Fast derselbe Text war in der Zeitung zu lesen. Waren das die Worte von Tomas? Sie glichen seinen Formulierungen, und ich konnte nicht umhin, zu denken, dass das alles nur den einen Plan verfolgte, nämlich genügend Kleinigkeiten durchsickern zu lassen, um die Medien beschäftigt zu halten. Genügend aufregende, menschliche Versehen, damit die großen Fehler verborgen blieben? In zwei verschiedenen Artikeln waren Bilder von Lena, aber im Radio kam sie nicht zu Wort. Ich betrachtete die Bilder und fand, dass sie fremder aussah denn je.

Ich versuchte, Lena auf dem Handy anzurufen, aber es war ausgeschaltet.

Als es zwölf wurde, ohne dass sie etwas von sich hatte hören lassen, ging ich ins Schlafzimmer und zog mich an. Ich wollte angezogen sein, wenn er kam. Denn ich wusste, dass er derjenige war, der kommen würde. Es war klar, dass Tomas die Nachricht überbringen würde, und wenn er das tat, wollte ich alle meine Sachen gepackt haben und angezogen sein.

Ich ging durch die Wohnung und sammelte alles ein, was mir gehörte. Ich fand eine große Tasche, die ich irgendwann mal hierhergeschleppt hatte. Dort hinein packte ich meine Kleider, Schminke, die ich mochte, eine Großpackung Aspirin, meine Lehrbücher, einen BH, ein paar Filme und einige von den CDs, die ich für Lena mit ihrer Kreditkarte gekauft hatte. Mir fiel ein, dass ich nicht einmal ein Bild von uns beiden hatte. Ich spülte das Geschirr und machte das Bett im Schlafzimmer. Dann setzte ich mich hin und wartete.

Als um vier Uhr immer noch nichts passiert war, ging ich ins Schlafzimmer und legte mich aufs Bett. Die Tapete wirkte wie ein tiefer Wald, das feine Muster wie Äste. Ich schlief ein und erwachte davon, dass er ins Zimmer kam. Er setzte sich auf Lenas Hocker an der Tür, auf dem immer Bücher lagen. Ich habe nie begriffen, was für Bücher das waren, und jetzt saß Tomas auf ihnen, als ob sie überhaupt nicht vorhanden wären.

»Es ist Schluss«, erklärte er knapp.

»Ja«, erwiderte ich.

Er ging ins Wohnzimmer, als würde er nach etwas suchen, und rief mir zu:

»Du solltest es nicht persönlich nehmen. Es ist Magnus«, der …«

»Magnus?«

Er kam zurück ins Schlafzimmer und sah mich an, als wollte

er feststellen, wie weit ich in Gedanken schon gekommen war. Er schwieg eine Weile, während er nach der richtigen Formulierung suchte. Er sah müde aus und seufzte.

»Ach, du verstehst es schon, oder?«

Ich versuchte herauszubekommen, ob er froh oder traurig war, wurde jedoch nicht schlau aus ihm. Vielleicht war er einfach nur routiniert.

»Kann ich die Schlüssel haben?«, fragte er irgendwann.

»Sie liegen im Flur«, erwiderte ich. »Wer ist Jessika?«

»Jessika?«, entgegnete er und klang aufrichtig erstaunt.

»Ja«, wiederholte ich.

»Es gibt keine Jessika«, sagte er und lächelte. »Es hat niemals eine gegeben, und es wird auch niemals eine geben. Merk dir das.«

Es gelang mir sogar, ihn anzulächeln, ehe ich mich zum Fenster wandte.

»Ich kann dich fahren«, sagte er.

»Wieso das denn?«, fragte ich.

»Na, es ist ja nichts draus geworden.«

»Wie bitte? Was hätte denn draus werden sollen?«

Er grinste.

»Dann mach einfach die Tür hinter dir zu.«

Ich blieb auf dem Bett liegen. Sah ihn an, wie er dastand, professionell bis in die Fingerspitzen. Er erwiderte meinen Blick.

»Kann ich dich mal etwas Persönliches fragen?«, meinte er kurz darauf. »Du hast keine Freundinnen, oder?«

Ich antwortete nicht.

»Du kommst am besten mit Männern aus, nicht wahr?«

Ich lag schweigend da und sah aus dem Fenster auf die kahlen Zweige, die sich draußen im Wind wiegten. War das ernst gemeint?

»Außer im Bett«, hörte ich ihn murmeln, als er aus dem Zimmer ging. Er verließ die Wohnung und stellte sich ins Treppenhaus. Ich lag noch einen Moment lang da. Sah die Zweige an den

Wänden, spürte die weiche Tagesdecke unter meinen Handflächen. Dann stand ich auf, nahm meine Sachen, ging aus der Wohnung und schloss die Tür. Als ich ein Stück weit die Treppe hinuntergegangen war, hörte ich, wie er oben die Klinke in die Hand nahm, um zu überprüfen, ob die Tür hinter mir ins Schloss gefallen war. Ich würde nie wieder hineinkommen können.

Ich trat auf den Bürgersteig und ging in Richtung Odengatan, schlenderte mit der großen Tasche über der Schulter quer durch den Vasaparken, wobei ich mir meinen Weg zwischen Familien mit Kindern hindurchbahnte.

Ich musste an etwas denken, was am Anfang von Lenas und meiner Beziehung passiert war. Ich ging mit Henrik durch Gamla Stan und war total verliebt. Henrik meinte, ich sei so komisch, abwesend und aufgekratzt zugleich. Ich lachte nur und antwortete, das müsse die Hitze sein. Alles war neu und unwirklich. Wir kamen an Rosenbad vorbei und sahen den Ministerpräsidenten aus der Staatskanzlei kommen. Als er auf die Straße trat, blieb er für einen Moment an der Bürgersteigkante hängen, und es war, als würde er zum ersten Mal für mich zu einem Menschen werden. Er fiel nicht wirklich hin, sondern stolperte nur kurz, kaum merklich, aber menschlich.

Henrik meinte, er sehe in Wirklichkeit schlanker aus, und ich sagte, dass die Kamera immer ein paar Kilo drauflege.

Ich hatte Lust, ihm etwas zuzurufen. Wie um zu hören, ob er es auch wirklich war.

»Hallo.«

Er sah auf, und für einen kurzen Augenblick schaute er mich an, als wäre er wie ich ein Mensch. Ich winkte, woraufhin er ein wenig erschrocken aussah, aber dann winkte er zurück und setzte dieses Lächeln auf, das Politiker aufsetzen, wenn sie volksnah wirken wollen.

Henrik stieß mich in die Seite und warf mir diesen Blick zu, der hieß: Du bist wirklich komplett verrückt.

Der Brief

Am Mittwoch entdeckte Jan Larsson den Brief.

Er lag vorne direkt hinter der Windschutzscheibe. Ein weißes frankiertes A4-Kuvert mit ordentlich in Handschrift geschriebener Adresse.

Als er nach der Arbeit auf den Parkplatz kam, war sein Blick zufällig darauf gefallen. Warum er ausgerechnet dort hingeschaut hatte, wusste er nicht. Er hatte gerade den Reklamezettel von seinem eigenen Auto weggerissen und ging mit dem Eiskratzer um den Wagen herum, um die kleine Ansammlung Reif wegzukratzen, die auf der anderen Seite die Sicht behinderte, als er zufällig zur Windschutzscheibe des Nachbarautos hinüberschielte und das Gefühl hatte, etwas ihm Vertrautes sei in sein Gesichtsfeld gerückt. Etwas, das er sehr stark mit sich selbst in Verbindung brachte.

Sein eigener Name und seine Adresse standen auf einem weißen frankierten Kuvert. Ohne Absender, aber mit einem dieser kleinen Aufkleber von Greenpeace, die deutlich machten, dass man die Organisation einmal monatlich mit Geld unterstützt.

Eben hatte er es noch eilig gehabt, nach Hause zu kommen. Er hatte die letzten Minuten bis fünf Uhr gezählt, wenn er endlich den Computer runterfahren, seine Sachen zusammenpacken, das Büro verlassen und nach Hause fahren konnte, um fernzusehen und etwas zu essen. Vielleicht sogar um ein Glas Wein zu trinken? An einem Mittwochabend? Doch jetzt lag dieser Brief hinter der Windschutzscheibe des Nachbarautos. Ein Brief an ihn.

Lange betrachtete er den Brief, als müsste er sich erst an den Gedanken gewöhnen. Er musste blinzeln, weil sich eine Schneeflocke in seinen Wimpern verfangen hatte. Der Mantel flatterte ein wenig im leichten Wind. Jan bekam nur selten Briefe, vor allem nicht solche, die nichts mit dem Geschäft zu tun hatten, und dieser hier war an seine Privatadresse gerichtet.

Wie eine Rechnung sah er nicht aus. Diese Briefe hatten immer einen Umschlag mit Fenster, dachte er. Und das Format war kleiner. Er ging um das Auto herum, um einen besseren Blick darauf werfen zu können. Die Adresse war in einer sehr schönen, etwas schnörkeligen, altmodischen Handschrift geschrieben. Das könnte eine Frau sein, dachte er.

Wie blöd, jetzt stehe ich hier, und da drin liegt der Brief an mich, und ich kann nicht an ihn herankommen. Es ist doch völlig unnötig, dass die Person, die mir den Brief schicken will, zum Briefkasten geht, wenn ich doch jetzt hier stehe.

Er ging ums Auto herum, um eventuell herauszukriegen, wem es gehörte, es gab jedoch keinerlei Anhaltspunkte. Es war erstaunlich sauber, und es war blau. Könnte es vielleicht ein Audi sein? Er wusste nichts über Autos. Vorsichtig berührte er den Griff der Autotür, aber sie war abgeschlossen. Daraufhin betrachtete er das Nummernschild, möglicherweise erkannte er es ja wieder. Allerdings musste er sehr bald einsehen, dass er sich nicht einmal an sein eigenes Kennzeichen erinnerte.

Er schloss sein Auto auf und setzte sich auf den Fahrersitz. Womöglich würde der Fahrer des anderen Wagens demnächst auftauchen. Er drehte den Zündschlüssel herum und ließ das Auto eine Weile laufen, damit es im Innern warm wurde. Darüber hinaus sollte die Batterie sich nicht entladen, wenn er innen das Licht anmachte. Nach einer Weile kam ein junger Typ und klopfte auf seiner Seite an die Scheibe. Jan drehte sie herunter und sah hinaus.

»Ja?«

»Maximal eine Minute«, sagte der Typ.

»Wie bitte?«

»Maximal eine Minute im Leerlauf.«

Er klopfte ziemlich laut aufs Autodach und ging weg. Jan beeilte sich, den Motor auszuschalten und meinte sofort zu spüren, wie die Wärme aus dem Auto wich.

Zehn Minuten später war immer noch niemand gekommen, also stieg er wieder aus und sah in das andere Auto hinein. Könnte ein Mietwagen sein, dachte er, denn es liegen fast keine Sachen drin. Zwischen den Vordersitzen konnte er den Teil einer CD-Hülle erkennen. Ein schwarzes Bild mit einem Zebra oder einem Tiger darauf. »Kent« konnte er entziffern. Es sagte ihm nichts.

Fünf Minuten später fror er so, dass er beschloss, aufzugeben und nach Hause zu fahren.

Als er am nächsten Morgen vor dem Büro geparkt hatte, vergewisserte er sich, dass das Auto mit dem Brief noch dastand. Der Brief lag am selben Platz. Jetzt im Tageslicht konnte er sehen, dass das Auto überhaupt nicht so sauber war, wie es ihm am vorherigen Abend vorgekommen war. Überall auf den Sitzen lagen irgendwelche kleinen Krümel. Entweder hatte der Besitzer während der Fahrt Kekse gegessen oder er hatte die Gewohnheit, sich bei Drive-in-Restaurants Hamburger zu kaufen, die er dann im Auto aß. Aber wie gründlich er auch nachsah, er konnte nichts entdecken, das etwas über den Besitzer verraten hätte. Er nahm sein Handy und gab die Autonummer ein: THX 112.

An diesem Tag legte sich eine leichte Schneedecke über die Stadt, und als Jan am Abend von der Arbeit kam, konnte er feststellen, dass das blaue Auto nach wie vor an seinem Platz stand, jetzt jedoch von Schnee bedeckt war. Er fuhr mit dem Handschuh an den Scheibenwischern entlang, um nachzuschauen, ob der Brief noch dort lag. Ja, da war er.

Er setzte sich in sein eigenes Auto. Machte den Motor an und drehte die Heizung voll auf. Dann sah er auf die Uhr, und nachdem eine Minute vergangen war, machte er den Motor wieder aus und horchte auf die absolute Stille im Wagen.

Er konnte genauso gut noch ein Weilchen hier sitzen und warten. Schließlich hatte er es nicht eilig, nach Hause zu kommen. Er musste nicht auf die Zeit achten, niemand wartete auf ihn, nur dieser Brief, der ungefähr zehn Meter von ihm entfernt dort drüben lag. Jeden Moment konnte jemand zu dem fremden Auto kommen.

Es kam ihm eine Zeile von einem Popsong in den Kopf: »So nah, und doch so weit weg.« Er hörte nicht oft Popsongs, doch gerade dieser hatte sich in seinem Gedächtnis festgesetzt. Fühlt sich das so an?, dachte er. Ist das so gemeint?

Er holte ein halb gelöstes Sudoku aus seiner Tasche und versuchte, sich darauf zu konzentrieren. Nach einer Weile merkte er jedoch, dass er an mindestens zwei Stellen die falschen Zahlen eingetragen hatte. Er steckte es wieder zurück.

Als zwanzig Minuten um waren, drehte er den Schlüssel herum, ließ den Motor an und ließ ihn erneut eine Minute laufen. Er dachte darüber nach, wie lange man wohl hier stehen musste, um berechtigt zu sein, den Motor noch einmal eine Minute laufen zu lassen, und kam zu dem Ergebnis, dass zwanzig Minuten angemessen sein müssten.

Nach einer Stunde schlief er ein und wachte steif und fröstelnd um zwanzig vor neun auf. Er fuhr hoch und stellte fest, dass das Auto immer noch dort stand. Nichts hatte sich verändert. Rücken und Nacken taten ihm weh. Er beschloss, trotz allem nach Hause zu fahren.

Am Freitagmorgen war das Auto vollkommen eingeschneit, und hinter dem Scheibenwischer steckte ein Strafzettel. Jan fuhr mit dem Aufzug in sein Büro hinauf und ging dann von Zimmer zu Zimmer und fragte, ob jemand wisse, wem das Auto gehöre.

Keiner von ihnen hatte ein Auto mit dem Kennzeichen THX 112.

Das war wirklich zu blöd, dachte er. Jetzt würde der Brief das Wochenende über liegen bleiben und erst am Montag aufgegeben werden können. Er ging hinunter zu Niklas am Empfang.

»THX«, meinte Niklas, »ist das nicht dieses Tonsystem, das sie in den Kinos haben?«

»Davon weiß ich nichts«, meinte Jan.

»Doch, dadurch kommt der Sound aus allen Richtungen.«

»Echt?«

»Ja, aus jeder Richtung.«

Gegen zwei Uhr nachmittags stand er mit einer Tasse Kaffee in seinem Büro und sah aus dem Fenster auf das eingeschneite Auto. Er rührte vorsichtig mit dem Löffel in der Tasse und fragte sich, wer wohl ein Auto abstellte und es dann einfach dort stehen ließ. Vor allem, wenn ein Brief darin lag, der aufgegeben werden müsste. Noch ehe er richtig begriffen hatte, was geschah, sah er einen Mann, der einen langen schwarzen Mantel, eine tarnfarbengrüne Mütze sowie grüne Handschuhe trug, mit einer Zeitung den Schnee von der Motorhaube des geheimnisvollen Autos wischen. Er hob die Scheibenwischer hoch und fuhr ein paar Mal schnell darunter hinweg. Danach klappte er sie wieder zurück und steckte einen Schlüssel ins Schloss. Den Strafzettel ließ er stecken.

Jan stellte die Tasse auf den Tisch, rannte in den Flur hinaus zum Fahrstuhl. Er drückte ein paar Mal auf den Aufzugknopf, entschied sich dann aber, die Treppe zu nehmen. Er warf sich, erstaunt über seine eigene Kraft und Entschlossenheit, die Stufen hinunter, lief mit großen Schritten an Niklas in der Rezeption vorbei und kam nur im Hemd auf dem Parkplatz an. Das Auto war weg. Er sah sich um und entdeckte es, wie es sich auf die Ausfahrt des Parkplatzes zubewegte. Sogar aus der Entfernung konnte er den weißen Lichtpunkt, seinen Brief, hinter der Windschutzscheibe erahnen. Jan rannte zwischen ein paar Autos hindurch und hechtete über eine Schneewehe. Auf der anderen Seite rutschte er auf einer vereisten Stelle aus und fiel direkt vor dem blauen Auto, das gerade noch bremsen konnte, der Länge nach auf den Rücken.

Der Mann mit dem schwarzen Mantel und der grünen Mütze kurbelte die Scheibe herunter.

»Verdammt, was machen Sie denn da?«

»Das da«, stöhnte Jan und zeigte auf den Brief im Fenster, »das ist meiner.«

»Was?«

Jan kam wieder auf die Füße und ging nach vorne zur Fahrerseite. Er zeigte wieder auf den Brief.

»Das da, das ist mein Brief. Er ist für mich.«

Der Mann im Auto sah erst den Brief und dann Jan an.

»Wie kann ich das wissen?«

»Da stehen schließlich mein Name und meine Anschrift drauf«, erklärte Jan.

»Wie kann ich das wissen?«

Jan betrachtete den Mann mit der Mütze. Er war jünger, als er beim Blick aus dem Fenster gedacht hatte. Sicher zehn Jahre jünger als er, vielleicht sogar fünfzehn? Er hatte die schwache Andeutung eines Schnurrbarts und ein paar Bartstoppeln, die er wahrscheinlich so gut wie möglich pflegte. Armer Kleiner, dachte Jan. Schon bald wird er mehr Bartwuchs haben, als ihm lieb ist. Er konnte sich nicht erinnern, diesem Typen je vorher begegnet zu sein.

»Kennen wir uns?«, fragte Jan.

»Nicht dass ich wüsste«, antwortete der Typ und schob die Mütze in die Stirn. »Entschuldigen Sie, aber ich hab's ein bisschen eilig.«

Jan tastete nach der Brieftasche und dem Ausweis in seiner Hosentasche, doch dann fiel ihm ein, dass beides oben im Büro lag.

»Dieser Brief da … Das bin ich«, sagte er. »Warum sollte ich sonst hier stehen?«

»Was weiß ich?«, meinte der Typ im Auto. »Ich habe es etwas eilig.«

Er legte den Gang ein und fing an, die Scheibe hochzukurbeln.

»Jetzt warten Sie doch!«, rief Jan. »Jemand will etwas von mir!«

Er zeigte auf den Brief und unterdrückte gerade noch den Impuls, die Hand durchs Fenster zu schieben.

»Dann müssen Sie wohl warten, bis jemand ihn aufgibt, oder?«

Die Scheibe war oben. Lächelte der Typ da drinnen etwa? Er ließ die Kupplung kommen, trat aufs Gas und verschwand hinter den Schneemassen an der Kreuzung bei der Ausfahrt.

Jan ging zum Eingang zurück und spürte plötzlich, wie sehr ihm die Hüfte wehtat. Auf der einen Seite konnte er kaum auftreten und fror so, dass er zitterte. Hinkend ging er wieder ins Haus und zu seinem Büro hinauf.

Die folgende Woche wartete er immerfort darauf, dass der Brief kam oder dass das fremde Auto wieder auftauchen würde. In jeder Kaffeepause stand er an seinem Fenster im vierten Stock und schaute über den Parkplatz, während er jedes einzelne Auto in Augenschein nahm, aber nie sah er auch nur die geringste Spur von dem blauen Audi. Und ein Brief kam auch nicht. Die Hüfte wurde langsam besser.

Nach wie vor hatte er keine Ahnung, wer der junge Mann in dem Auto gewesen war. Unbestritten war nur, dass sie sich vorher noch nie begegnet waren. Aber wer weiß, in diesem Alter veränderten sich die Leute ja so schnell.

»Warum rufst du nicht beim Zentralamt für Straßenwesen an und erkundigst dich dort bei den Leuten vom Fahrzeugregister?«, fragte Niklas von der Rezeption.

»Kann man das denn?«

»Na klar.«

Niklas schaute im Internet nach und schrieb die Telefonnummer auf einen Post-it-Zettel, den er Jan gab.

Jan nahm den Zettel, bedankte sich und ging wieder in sein

Büro zurück. Er klebte den Zettel auf die Seite seines Computers und beachtete ihn den Rest des Nachmittags über nicht mehr.

Als es fünf wurde und die meisten im Büro nach Hause gegangen waren, saß er fünf Minuten mit dem Telefon in der Hand da. Dann googelte er nach dem Zentralamt für Straßenwesen und dem Kennzeichen.

Eine Seite erschien.

Hier können Sie, indem Sie das Kennzeichen eines Autos eingeben, Informationen über das Fahrzeug erhalten.

Sein Herz schlug schneller. Er sah sich um und las dann weiter.

Ist das Fahrzeug auf eine Privatperson angemeldet, darf das Zentralamt für Straßenwesen laut Personendatenschutzgesetz (1998:204) keine personenbezogenen Informationen über das Internet veröffentlichen. Hingegen können Sie gewisse Informationen über das Fahrzeug erhalten, wie zum Beispiel Fabrikat und Farbe sowie eine Reihe von technischen Daten. Außerdem können Sie über Telefon und Fax weitere Informationen bekommen. Ist der Besitzer ein Unternehmen oder eine Organisation, eine sogenannte juristische Person, dann gibt es keine derartigen Beschränkungen, und Sie haben die Möglichkeit, weitere Informationen abzufragen.

Seine Hände zitterten, als er langsam THX 112 eintippte. Die Seite erschien, und unter Besitzer/Fahrer fand er Riksbilar AB.

Es ist ein Mietwagen, dachte er. Hab ich's doch gewusst.

Er rief bei Riksbilar an und erfuhr, dass man das Auto bei Avis am Ringvägen mieten könne. Daraufhin rief er bei Avis an und behauptete, er habe vorige Woche etwas Wichtiges in dem Wagen mit dem amtlichen Kennzeichen THX 112 vergessen.

»Und was war das?«, fragte der Typ bei Avis.

»Ein Brief«, antwortete Jan.

»Ein großer Briefumschlag?«

»Ganz normale Größe.«

Der andere in der Leitung schwieg kurz. Dann hörte Jan, wie er bei seinen Kollegen nachfragte, ob einer von ihnen einen Brief gefunden habe. Nein, das hatten sie nicht.

»Tut mir leid, es hat niemand einen Brief gefunden. Wann hatten Sie den Wagen doch gleich gemietet?«

»Das war nicht ich, sondern eine Freundin.«

»Sind Sie sicher, dass es dieses Auto war?«

»Ja.«

Es war wieder kurz still. Der Typ von Avis klapperte auf einem Computer herum. Trank er gerade Kaffee? Es klang, als hätten sie Kaffeepause.

»THX 112«, murmelte der Typ und schmatzte laut in die Leitung. »Ein Audi Kombi?«

»Ja. Er war blau«, sagte Jan.

»Hm, hier steht, er sei von einer Jessika Hagberg gemietet worden.«

Jan holte tief Luft und atmete langsam und lautlos aus.

»Das könnte sein«, sagte er.

»Dann müssen Sie Ihre Freundin anrufen und sie fragen.«

»Ja«, stimmte Jan zu.

Bei der Auskunft bekam er ihre Telefonnummer. Er dankte und legte auf, packte seine Sachen zusammen, fuhr nach Hause und legte sich schlafen.

Am nächsten Tag klebte er einen neuen Zettel an den Computer. »Jessika anrufen« stand darauf. Als ob er das je vergessen könnte. Als ob nicht bereits andauernd dieses Gespräch in seinem Kopf ablief, Formulierungen, Zeitpunkt, Schritte, die er unternehmen würde.

Für wen war dieser Zettel eigentlich? Vielleicht hatte er ihn für seine Kollegen geschrieben. Als Unterstützung für die Geschichte, die er gleichzeitig zusammengedichtet hatte, falls jemand entgegen aller Erwartungen fragen würde, was er da eigentlich machte.

Die Geschichte, die sich mit jeder Sekunde änderte. Von »Ja, das ist diese Frau aus der Bank, wie heißt sie doch gleich, Jessika?«, bis hin zu »Ich weiß nicht, da ist diese Frau, wie heißt sie doch gleich, Jessika, sie hat mich gesucht. Ich weiß nicht richtig, was sie von mir will.«

Als ob irgendjemand fragen würde.

Wann hatte ihn das letzte Mal jemand nach seinem Privatleben gefragt? Die anderen diskutierten in regelmäßigen Abständen über Ferienorte, Kartonwein oder Baumaterial für Sommerhäuser, vielleicht auch über Rezepte oder Kindererziehung. Manchmal gingen einige gemeinsam in die Kneipe, auch wenn das in der letzten Zeit immer seltener geworden war. Und nach fast fünfzehn Jahren am selben Arbeitsplatz hatten sie gelernt, dass Jan für sich sein wollte. Geschickt vermied er alle Gespräche, die nichts mit der Arbeit zu tun hatten, und sprach niemals über irgendwelche Erfahrungen privater Natur. Das war wie ein gemeinsames Einverständnis. Jan hatte aufgehört zu reden. Eigentlich hatte er nie richtig damit begonnen, sondern hatte sich nur immer mehr zurückgezogen. Und die anderen hatten aufgehört zu fragen. Als ob sie wüssten, wie es um ihn stand.

Als ob sie wüssten, wie er war.

Im Grunde konnte er sich nicht beklagen. Es war eben so. Es gab niemanden, den er gar nicht leiden konnte, aber auch niemanden, den er besonders gern mochte. Er war immer sehr höflich und wohlerzogen. Wenn er bei jemandem eingeladen war, bedankte er sich immer auf unpersönliche Art und Weise, und zwar mit einer Korrektheit, die sich für die Umwelt eher als lästig erwies.

Er hatte das Gefühl, als würde er eigentlich alles richtig machen, viel besser jedenfalls als die meisten anderen. Allerdings war im Laufe der Zeit eine Art echtes Missverständnis entstanden. Je mehr die Zeit verging, desto mehr versteckte er sich hinter seinen Gewohnheiten, seiner Arbeit, seinem beschäftigten Gesichtsausdruck, seinem kurzangebundenen Ton.

»Jessika anrufen« stand auf dem Zettel, und dann ihre Telefonnummer. Als ob er das wirklich machen würde. Als ob er wirklich Jessika Hagberg anrufen würde.

Der Zettel wurde zu einer Trophäe. Nahm er ihn nicht weg, damit wer auch immer sehen würde, dass in seinem Büro Telefonnummern von Frauen hingen? Oder war das an sich schon ein Zeichen? Ein subtiles Signal? Ein ausgestreckter kleiner Finger, der darauf wartete, dass irgendjemand ihn packte und mit ihm weitertanzen würde, wieder hinaus in das richtige, lebendige Leben? Es schauderte ihn, wenn er sich selbst als ein Wesen mit solchen inneren Bildern wahrnahm.

War das die Wahrheit? War er so jemand? Er war doch mit dem Leben zufrieden, so wie es war. Mehrmals täglich empfand er Dankbarkeit darüber, dass er nicht in verschiedene gesellschaftliche Netzwerke eingebunden war, die er verabscheute. Er hatte es aktiv vermieden, sich in den bei der Arbeit herrschenden Umgangston mit hineinziehen zu lassen. Das hatte irgendetwas Falsches an sich. So eine Note von angeblicher Gemeinschaft. Eine aufgesetzte Übereinstimmung, die unmöglich für alle gelten konnte. Warum machten sie sich diese Mühe?

Eine Woche lang saß er jeden Tag, wenn die Arbeit zu Ende war und die meisten nach Hause gegangen waren, mit dem Zettel vor seiner Nase da. Manchmal nahm er ihn in die Hand. Malte über das kleine Stück Papier mit dem Stift hin und her. Ließ Muster entstehen und klebte den Zettel wieder hin.

Er brachte es nicht fertig, sie anzurufen. Aber vielleicht könnte er ihr schreiben.

Er rief die Auskunft an und bekam ihre Adresse, sie wohnte in Mörby. Die Adresse schrieb er auf einen anderen Post-it-Zettel, den er ebenfalls an den Computer klebte. Dann packte er seine Sachen zusammen, fuhr nach Hause und legte sich schlafen.

Am nächsten Tag, nachdem er sich noch eine knappe Stunde länger herumgedrückt hatte und ein paarmal durch die ganze Etage gegangen war, um sicherzustellen, dass alle anderen nach Hause gegangen waren, setzte er sich an den Computer und machte ein neues, leeres Worddokument auf. Ungefähr eine Viertelstunde starrte er auf den leeren Bildschirm. Er fuhr mit dem Mauspfeil die Kante des Bildschirms entlang und wieder zurück. Er klickte den Cursor an und machte ein Leerzeichen. Dann loggte er sich aus und stellte den Apparat ab. Er wühlte in den Schubladen und holte Stift und Papier hervor. Nach ein paar Entwürfe meinte er, den perfekten Brief verfasst zu haben.

Sehr geehrte Jessika Hagberg,

habe zum wiederholten Male einen mir zugedachten Brief in Ihrem Mietwagen liegen sehen. Da sich dieser Brief bisher nicht in meinem Besitz befindet, möchte ich fragen, ob Sie so freundlich sein würden, diesen schnellstmöglich an mich weiterzubefördern, um weitere Missverständnisse sowie Verzögerungen bezüglich einer ev. Korrespondenz zu vermeiden.
M.f.G. Jan Larsson

Er las den Brief dreimal durch. Jedes Mal wurden die Worte, die dort standen, unbegreiflicher, und er grübelte lange darüber nach, wie er ihr erklären sollte, woher er ihre Adresse hatte. Er versuchte es mit einem Postskriptum.

P.S. Habe Ihre Adresse von der Auskunft.

Das klang nicht gut. Er strich es durch und dachte wieder nach. Dann setzte er erneut an und strich mit dem Stift all die korrekten Satzgebäude durch, die er sich mühevoll abgerungen hatte. Er knüllte das Papier zusammen, warf es in den Papierkorb, holte ein neues Blatt heraus und fing an zu schreiben.

Jessika Hagberg,

Ich weiß nicht, wer du bist.
Weißt du, wer ich bin? Warum weißt du das?
Du hast mir einen Brief geschrieben. Warum hast du das getan?

Ich würde dich gern kennenlernen.
Ich weiß nicht, wie du aussiehst, und vielleicht weißt du auch nicht, wie ich aussehe. Aber wenn du diesen Freitag ins Gondolen kommst, dann verspreche ich, dass ich dich zum Mittagessen einladen werde.

Ich habe ein rotes Taschentuch in der Brusttasche.

Er streckte sich und betrachtete, was er geschrieben hatte. Es war offensichtlich. Es klang wie der Brief eines Kindes. Abermals warf er einen Blick darauf.

Plötzlich fand er sich inmitten zweier absurder Gefühlssituationen wieder. Auf der einen Seite wollte er alles sofort vergessen. Augenblicklich den Brief zusammenknüllen, ihn in winzig kleine Stückchen reißen und verschlucken, sodass es keine Beweise mehr geben würde. Die Zettel mit ihrem Namen und ihrer Adresse abreißen und sie für immer beseitigen. Oder einfach das Papier zusammenrollen, es an den Kanten wie ein altes romantisches Dokument anbrennen, sich ein großes wattiertes Kuvert von der Post besorgen, es mit Parfüm bestäuben, eine getrocknete Rose hineintun und ein Seidenband darumwickeln.

Am Ende kritzelte er unten seinen Namen hin. Er faltete den Brief in der Mitte und stopfte ihn schnell in einen Umschlag. Nachdem er ihn zugeklebt hatte, schrieb er die Adresse darauf und versah ihn mit einer Briefmarke. Und plötzlich war es, als würde er alles überdeutlich wahrnehmen.

Er sah sein Büro und alle Aktenordner darin. Er sah seine Unterlagen, seinen Computer, seinen Schreibtisch, seinen Stuhl und nahm das Material wahr, aus dem sie gemacht waren, und verstand, wie sie zusammengesetzt waren, wie sie funktionierten. Zum Schluss sammelte er seine Sachen zusammen und machte die Bürotür auf. Mit geradem Rücken ging er durch die widerhallenden Flure und sang.

Zwei Wochen später kommt der Umschlag zurück. »Empfänger unbekannt« ist auf das Kuvert gestempelt. Er schaut es lange an, wie es da auf dem Teppich im Flur liegt. Es ist zerknittert. Die eine Ecke ist von der Behandlung bei der Post ziemlich schmutzig. Er beugt sich herab, hebt den Brief auf und nimmt ihn mit. Als er im Auto sitzt, hat er das merkwürdige Gefühl, dass er Briefe an sich selbst schickt. Schließlich macht er den Umschlag auf und liest langsam, Wort für Wort seinen eigenen Text.

Und da durchläuft ihn plötzlich ein peinlicher Schauder, und er kann nicht umhin zu denken: Das hast du gut gemacht, Jan, ganz ausgezeichnet.

Er steckt den Brief wieder in den Umschlag und legt ihn mit der Anschrift nach oben auf das Armaturenbrett an die Windschutzscheibe. Lässt ihn dort liegen. Wie ein Diplom, eine Bescheinigung mit Datumsstempel, wann er ein anderer Mensch geworden war. Der neue Jan Larsson.

Wahrscheinlich hat er Hunger

Kein Zweifel, sie hatte keine Geduld, nicht mehr. Denn jedes Mal, wenn das Baby schrie und sie es hochnahm, um es zu stillen, kam er zu ihr und sagte:

»Wahrscheinlich hat er Hunger.« Wenn sie mit dem Kind auf dem Arm dasaß, die Brust schon halb entblößt, dann sagte er: »Wahrscheinlich hat er Hunger.«

Nicht vorher oder wenn das Baby gerade aufgewacht war und sie sich irgendwo anders in der Wohnung befand und es nicht hörte. Dann nicht. Sie konnte sich an kein einziges Mal erinnern, wo er ihr wirklich geholfen hätte, die Situation zu erfassen und sie auf die Bedürfnisse ihres gemeinsamen Sohnes aufmerksam gemacht hätte.

Wie hätte das auch möglich sein können? Sie war ja fast immer mit ihrem Sohn zusammen. Die beiden waren eins.

Wenn er sah, wie sie das Kind hochnahm und an die Brust legte, löste diese Handlung vielmehr das Bedürfnis in ihm aus, etwas zu sagen. Manchmal ergänzte er diese Phrase um einen weiteren Satz:

»Wahrscheinlich hat er Hunger. Du musst ihn stillen.«

Er sprach nicht besonders laut. Gelegentlich verstand sie ihn kaum, und sie ahnte, dass es nicht direkt an sie gerichtet war, sondern mehr seine hilflose Art widerspiegelte, an etwas teilzuhaben und seinen Teil beizutragen. Oft tauchte er aus irgendeiner Ecke der Wohnung auf. Sie konnte hören, wie er angeschlichen kam, während sie das Baby an die Brust legte, und sie wusste, was er sagen würde, wenn er dann neben ihr stand.

Eigentlich hätte sie schon stutzig werden sollen, als sie voriges Jahr mit der Beth-Orton-Platte in der Hand vor der Stereoanlage stand. Sie hatten ein paar Freunde eingeladen und ein nettes

Abendessen veranstaltet. Im Wohnzimmer tranken sie anschließend Kaffee mit laktosefreier Milch, während im Hintergrund leise eine ihrer neuen Errungenschaften aus dem CD-Laden erklang: Ryan Adams.

An dem Vormittag waren sie in die Stadt gegangen, um ihre CD-Sammlung etwas aufzufrischen. Gemeinsam suchten sie Ryan Adams und Beth Orton aus, die sie beide mochten. Ryan Adams war jetzt schon ein paar Runden gelaufen, und als eine Gesprächspause entstand, stand sie vom Sofa auf und ging zur Stereoanlage. Sie nahm die Ryan-Adams-CD, steckte sie in die Hülle zurück und holte Beth Orton heraus. Und als sie gerade die CD hineinschieben wollte, hörte sie ihn sagen: »Leg doch lieber Beth Orton auf.«

Damals hatte sie es noch so interpretiert, dass er auf eine etwas angestrengte Weise ihren gemeinsamen Bekannten zeigen wollte, dass er eine gewisse Ahnung von Musikern hatte und wusste, wie sie hießen. Sie fand das damals okay. Aber ein paar Tage später bemerkte sie, dass er jedes Mal, wenn das Telefon klingelte, rief:

»Es klingelt. Das Telefon klingelt.«

»Jetzt trinken wir Kaffee«, erklärte er, wenn sie beim Frühstück den Kaffee eingoss. »Jetzt trinken wir Kaffee und essen ein Brot«, sagte er. Und jetzt noch das mit dem Baby.

»Er ist nass. Wir müssen ihm die Windel wechseln«, meinte er einmal, als sie mit dem Kleinen am Wickeltisch stand und ihm gerade die vollgepinkelte Windel abmachen wollte.

Dabei hatte sie das Telefon am Ohr und redete mit ihrer Mutter. Damals dachte sie, dass seine Bemerkung über die Windel für ihre Mutter am anderen Ende der Leitung gedacht war. Dass er vor der Schwiegermutter angeben wollte. Damit sie hören würde, was für ein verantwortungsvoller und aufmerksamer Papa er war. Ihre Mutter konnte durchs Telefon schließlich nicht feststellen, in welchem Stadium sich das Windelwechseln befand. Aber als sich dasselbe auch wiederholte, ohne dass sie am Telefon war oder jemand anders zuhörte, da begriff sie, dass sie einen Sportkommentator geheiratet hatte.

KW 42

»KW 41 ist voll«, sagte ich.

»Nur eine Stunde«, bat Karin. »Wir beeilen uns.«

Ich fuhr mit dem Finger über den Kalender, um irgendwo eine Lücke zu finden. Dabei sah ich, dass der Nagellack auf dem Zeigefinger ein wenig abgeblättert war. Ich hörte, wie Karin am anderen Ende erwartungsvoll seufzte.

»Vielleicht am Freitag«, entgegnete ich. »Da könnten wir eventuell mittagessen. Aber da bin ich in Sundbyberg, und hinterher muss ich draußen auf Värmdö sein, und zwar um … nein, das geht nicht.«

»Nein, wirklich«, meinte Karin. »Dann in der Woche drauf?«

Ich blätterte zur nächsten Seite, wobei ich das Blatt mit den Fingerspitzen von den anderen Blättern lösen musste.

KW 42 war leer.

Alle anderen Wochen, sowohl vorher als auch nachher, waren vollgekritzelt mit Treffen und Verpflichtungen, Einladungen, Kundenterminen, Mittagessen, Vorbereitungen für den Geburtstag von Jens, Bankgeschichten, Abendessen und noch mehr Treffen.

Aber die 42. KW war leer.

Es war, als hätte das Blatt zwischen den anderen Seiten geklebt und sich versteckt, sich bis zu diesem Moment jeglichen Terminen entzogen. Vom siebzehnten bis zum dreiundzwanzigsten Oktober hatte ich nichts vor. Es war ein leerer Raum, ein offener Platz. Ein weißes Blatt.

Wie lange das wohl vorhalten würde?

Das war am Ende der 39. KW, und ich blieb in meinem Arbeitszimmer mit dem Hörer am Ohr und dieser leeren Seite vor mir sitzen.

Ich wollte gerade eine Uhrzeit eintragen, als ich in dem plötzlichen Impuls innehielt, diese Seite einfach leer zu lassen.

Karin rief in den Hörer.

»Die 42. KW ist voll«, hörte ich mich sagen, »absolut voll.«

»Komm, nur eine Stunde, ich kann, wann immer du möchtest.«

Es wurde kurz still.

»Hallo, bist du noch dran?«

»Hm«, brummte ich.

»Kannst du?«

»Hm«, brummte ich, »nein.«

Wir beschlossen, später noch einmal zu telefonieren. Ich murmelte etwas Unbestimmtes wegen der 43. KW. Karin verabschiedete sich kurzangebunden und legte auf.

Kein einziger Eintrag. Konnte das ein Missverständnis sein?

Einen Moment lang fürchtete ich, etwas Wichtiges vergessen zu haben. Hätte ich vielleicht irgendwo hinfahren sollen?

Warum war gerade diese Woche im Gegensatz zu den anderen, die proppenvoll waren, völlig leer?

Beim Anblick dieser einen leeren Seite erkannte ich plötzlich, wie dicht beschrieben die anderen waren. Was für ein stumpfsinniges Leben, was für ein unglaublich vollgedrängtes Dasein auf diesen Seiten zum Vorschein kam.

Ich ging in die kleine Gemeinschaftsküche, goss mir einen Kaffee ein und erkannte, was ich gerade entschieden hatte.

Ich würde es dabei belassen. Ich würde zwischen dem siebzehnten und dem dreiundzwanzigsten Oktober nichts machen.

Für einen Moment breitete sich ein Schaudern von Wohlbehagen in meinem Körper aus. Ein tiefer Atemzug setzte sich durch mich fort und suchte sozusagen nach dieser Öffnung.

Am Donnerstagabend in der Woche davor gab es einen kritischen Augenblick, als Jens im Büro anrief und fragte, ob ich nicht am Dienstagabend zum Babysitten kommen könnte.

»Meine Liebe, du bist die einzige Chance, die wir haben«, versuchte er mich mit seiner sanften Stimme zu überreden. »Margarete hat den ganzen Abend diesen verdammten Kursus. Und die Kinder würden es wirklich toll finden, wenn ihre Lieblingstante herkommen würde.«

»Tut mir leid«, sagte ich.

»He, bitte! Für die Kinder!«

Ich erwog nachzugeben, aber irgendetwas ließ mich an meinem Beschluss festhalten, und nicht einmal sein müder Kleinkind-Eltern-Seufzer konnte mich beirren. Ich hörte, wie er am anderen Ende der Leitung wütend wurde.

»Mama hat schon recht«, sagte er. »Du arbeitest dauernd wie verrückt und hast überhaupt kein Leben mehr.«

Ich dachte an meine Mutter und dass sie selbst niemals einen Beruf wie meinen akzeptiert hätte. Für sie war Arbeit etwas, was man zwischen neun und fünf machte, und in erster Linie sowieso etwas für Männer. Deshalb stand auch auf dem Zettel in der kleinen Gemeinschaftsküche: »Deine Mutter arbeitet nicht hier.«

Jens sagte, ich solle mal etwas langsamer treten, und ich hörte an seiner Stimme, dass er schon überlegte, wen er als Nächstes anrufen könnte.

Nach diesem Gespräch wurde mir klar, dass es mir gelingen würde.

Am Freitag in der 41. KW saß ich wieder da und starrte auf die magische Seite der nächsten Woche. So stellte ich mir das Leben vor. Deshalb wollte ich ein unabhängiges und reges Arbeitsleben ohne Festanstellung und mit eigener Zeiteinteilung haben.

Um fünf Uhr am Freitagnachmittag verließ ich ein Treffen in Vasastan. Auf dem Weg aus dem Lokal wechselte ich ein paar Worte mit einem Kunden. Er sagte, meine Vorschläge würden ihm gefallen, und er wünschte mir ein schönes Wochenende. Dann verschwand er. Ich blieb noch eine Weile auf dem Bürgersteig stehen. Jetzt fing meine freie Zeit an. Meine eigene Zeit.

Mir zitterten fast ein wenig die Knie, als ich langsam die Odengatan zum Parkhaus am St. Eriksplan hinunterspazierte. Normalerweise wäre ich jetzt nach Hause gefahren, hätte zu Abend gegessen und wäre früh schlafen gegangen. Aber heute war kein normaler Tag. Es war der erste Tag meiner freien Woche.

Die Sonne stand tief, und beim Einatmen spürte ich, wie frisch die Luft war. Die Bäume hatten gelb und rot gefärbte Blätter. An der Odengatan saßen die Leute immer noch draußen vor den Lokalen mit Decken über den Beinen, während das Laub zu ihren Füßen raschelte.

Nachdem ich im Parkhaus die große Tasche und ein paar Unterlagen auf den Rücksitz des Wagens geworfen hatte, steckte ich die Haare zu einem lockeren Knoten auf und schloss das Auto wieder ab. Ich ging ins Peppar, das direkt über dem Parkhaus liegt.

Drinnen wirkte die Dekoration total kitschig. Überall Girlanden, Sterne und Lesezeichen. Ganz einfach too much, und ich empfand eine tiefe Dankbarkeit darüber, dass man an einen solchen Ort geraten kann, wenn man es am wenigsten erwartet.

Ich bestellte ein Bier und setzte mich an einen Tisch an der Tür.

Von dort konnte ich alle sehen, die kamen und gingen, genauso wie mich alle anderen sehen konnten. Manchmal nickte ich jemandem zu, als ob wir uns sozusagen voneinander verabschieden würden.

Hauptsächlich aus alter Gewohnheit scannte ich den Raum nach männlichen Objekten ab, konnte aber niemanden entdecken, der mein besonderes Interesse weckte. Die schönste Person im Raum war eine große Frau mit hochgesteckten Haaren. Und sie wusste es. Allein ihre Aufmachung stellte eine kleinere Installation dar. Ich versuchte nicht so häufig hinzuschauen.

Nach einer Weile füllte sich das Lokal mit den unterschiedlichsten Leuten, und bald kam ein Pärchen zu mir an den Tisch und fragte, ob sie sich auf die beiden freien Plätze setzen dürften.

Ich nickte. Sie gaben einen Kommentar über die Raumdekoration ab, und ich lächelte ein wenig.

»Ist es nicht fantastisch?«, fragte ich.

Ja, das fanden sie auch. Eine Weile saßen wir alle drei schweigend da und betrachteten die Ausschmückung des Lokals. Ich hatte das bestimmte Gefühl, dass sie vom Land kamen. Sie sprachen keinen besonderen Dialekt, aber ihr Verhalten wies darauf hin, dass sie an diese Art von Umgebung nicht gewöhnt waren. So wie ich, dachte ich bei mir. Allmählich fingen sie an, über etwas persönlichere Dinge miteinander zu reden, und ich bestellte noch ein Bier.

Eine halbe Stunde später kamen noch zwei Bekannte von ihnen und setzten sich auf den einzigen freien Stuhl. Zwei junge Frauen auf einem Stuhl. Das sah sehr lustig aus, und sie lachten ständig. Ich erwog, ein weiteres Bier zu bestellen, doch dann fiel mir ein, dass ich, wenn ich getrunken hatte, ja nicht mit dem Auto nach Hause fahren konnte. Also entschied ich mich stattdessen für eine Cola.

Als ich sie ausgetrunken hatte, waren zwei weitere Personen an unseren Tisch gekommen, die mit dem Rest der Gruppe lachten und redeten. Ich drängelte mich an allen vorbei, weil ich gehen wollte. Es war eng, und ich musste länger warten, bis sie mich bemerkten und Platz machten. Ich sagte Tschüss, aber keiner von ihnen hörte mich.

Draußen auf der Straße fiel mein Blick auf ein Theater, das auf der anderen Straßenseite lag. Ich sah auf die Uhr und fragte mich, ob ich es wohl zur nächsten Vorstellung noch schaffen würde.

»Hallo, ich hätte gern eine Karte, wenn's geht«, sagte ich.

Das Mädchen hinter dem Tresen sah von ihrer Zeitung auf. Sie sah fast ein wenig erstaunt aus.

»Für wann?«

»Na, jetzt.«

»Heute Abend ist ausverkauft«, antwortete sie.

»Aha«, sagte ich. »Wie schade.«

Sie wandte sich wieder ihrer Zeitung zu, und ich blieb noch einen Moment stehen und dachte daran, dass ich es gar nicht eilig hatte. Das war ein ungewohntes Gefühl.

»Sie können sich auf der Warteliste eintragen«, meinte das Mädchen, ohne von der Zeitung aufzusehen.

»Ah so. Sind viele vor mir?«

»Ja, schon.«

Ich trug mich auf der Liste ein und wartete fast eine Stunde lang. Es strömten immer mehr Menschen herein, und es kam mir so vor, als würde sich der Raum mit Erwartung füllen. Alle redeten von der Vorstellung.

»Der Typ, der den Mann spielt, soll fantastisch sein«, sagte jemand. »Vor einigen Jahren habe ich Pär Hansson in dieser Rolle gesehen.« Ich warf einen kurzen Blick auf einen Programmzettel, in dem stand, das Stück würde von Beziehungen handeln. Ich spürte das Bier in meinem Körper. Schließlich wurden die Türen geöffnet, und man ließ das Publikum hinein. Ich ging zu dem Mädchen am Tresen.

»Glauben Sie, dass es noch einen Platz geben wird?«, fragte ich.

»Nein, es ist ausverkauft.«

»Ach, wirklich?«

»Wir dürfen wegen der Brandschutzverordnung nicht mehr Leute hereinlassen.«

»Schon klar.«

Ein paar Straßen weiter ging ich in ein Express-Deli, das abends geöffnet hatte.

Menschen kamen und gingen, in rasendem Tempo wurden ihnen Kaffee, Kaltgetränke und kleine Mahlzeiten serviert. Es tat irgendwie gut, zu sehen, wie schnell das ging. Ich griff mir ein belegtes Brötchen, sah dann aber, dass es am 12.10. verpackt worden war. Heute war der vierzehnte. Deshalb überprüfte ich das

Datum noch bei einigen anderen Brötchen und stellte fest, dass die meisten mit dem Verpackungsdatum 12. oder 11.10. ausgezeichnet waren. Es gab sogar welche, und das kam einem noch undurchsichtiger vor, die den 15.10. als Datum trugen.

Ich gab mein Vorhaben auf, aber da ich mich dort ziemlich lange aufgehalten hatte, kaufte ich mir zumindest einen Kaffee. Er schmeckte nach Asphalt und Aschenbahn.

Auf dem Weg nach Hause befanden sich im U-Bahnwaggon außer mir nur drei junge Mädchen, die sich ein Paar Kopfhörer teilten, und ein alter Mann, der eingeschlafen war. An der Universität stieg ein Typ ein, der aussah, als ob er jeden Moment anfangen würde zu kotzen. Plötzlich bereute ich die beiden Biere. Wie viel Zeit hatte ich im Voraus für das Auto bezahlt? Ich konnte mich nicht erinnern.

Ich nahm ein schmutziges Exemplar des *Expressen* und blätterte planlos darin herum, damit der Typ nicht auf die Idee kommen konnte, ich würde vielleicht Kontakt suchen. Dabei blieb ich an dem Satz hängen: »Sie starb an gewöhnlichem Cidre.«

Oben an der Treppe bei Mörby Centrum hörte ich, wie mir jemand folgte. Ich ging, so schnell ich konnte, aber derjenige hinter mir hielt Schritt. Ich nahm die Abkürzung durch den Wald und bog in den kleinen Weg ein, der zumindest beleuchtet war. Die Gestalt folgte mir. Als ich schneller wurde, konnte ich hören, wie sich die Schritte hinter mir auch beschleunigten. Ich suchte in meinen Manteltaschen nach etwas Hartem, fand aber nur die Schlüssel. Ich nahm den größten Schlüssel, der zur Abstellkammer hinter der Garage gehörte, so in die Hand, dass er so weit wie möglich zwischen meinen Fingern herausragte. Gleichzeitig presste ich den Rest des Schlüsselbundes fest in die Handinnenfläche. Ich konnte spüren, wie die Person näher kam, hörte das Keuchen im Nacken und machte mich bereit. Oben auf dem Hügel direkt unter einer der Laternen holte ich tief Luft, woraufhin ich mich mit hoch erhobenem Schlüsselbund blitzschnell umdrehte.

Ich schrie.

Das Mädchen hinter mir schrie ebenfalls. Einen kurzen Augenblick lang schrien wir beide gleichzeitig. Dann schwiegen wir. Sie starrte mich und die Schlüssel an. Sie trug einen kurzen schwarzen Rock und Sportschuhe und einen Kapuzenpullover, wobei sie die Kapuze über den Kopf gezogen hatte. In der Nase schimmerte etwas aus Metall.

»Verdammt, du kannst einen vielleicht erschrecken!«, zischte sie.

Ich ließ den Arm sinken. Steckte die Schlüssel in die Tasche zurück und rannte zum Svanstigen hinauf. Rannte den großen Hügel am Trastvägen hinauf bis zu meinem Haus. Ich musste erst eine Weile mit den Schlüsseln herumfummeln, bis ich die Tür aufkriegte. Schnell schlüpfte ich hinein und schloss hinter mir ab.

Auf einmal wurde ich von einer unendlichen Müdigkeit übermannt, ich ließ die Kleider auf dem Fußboden im Flur liegen, ging ins Badezimmer und trank ein Glas Wasser. Danach legte ich mich aufs Bett und schlief ein.

Um sieben Uhr am nächsten Morgen wachte ich auf und sah, dass die Sonne durch den kleinen Spalt unten am Rollo schien. Ich ließ es unten. Stellte mich unter die Dusche und duschte mehrere Minuten lang kalt. Danach trocknete ich mich ab und cremte mich ein. Ich fühlte mich nach der späten Hetzjagd gestern Abend etwas angeschlagen. Oder kam es vielleicht auch von dem Bier? Es war lange her, dass ich so viel Bier getrunken hatte. Ich machte die Handtasche auf, um mein Handy abzuhören. Keine neuen Nachrichten. Ich starrte wie gebannt auf das Display. Wann war es das letzte Mal passiert, dass ich keine neuen Nachrichten hatte? Keine Anrufe in Abwesenheit, nicht einmal von Karin. Plötzlich hatte ich große Lust, jemanden anzurufen. Fünf Minuten lang stand ich da und blätterte das Adressverzeichnis durch, konnte mich aber nicht entscheiden. »Mama« tauchte auf. Mama kann ich nicht anrufen, dachte ich. Was sollte ich ihr denn sagen?

Ich ging ins Wohnzimmer, rollte den Fernseher ins Schlafzimmer und setzte mich mit der Fernbedienung aufs Bett. Comics, Kinderprogramm auf fast allen Kanälen. Am Ende landete ich bei Eurosport und sah eine Art Wettkampf unter Männern, die verschiedene schwere Fahrzeuge zogen. Der Sieger kam aus Schweden.

Irgendwann ging ich in die Küche und machte mir einen Espresso, den ich langsam trank, während ich auf die schiefe Sonnenuhr draußen vor dem Wohnzimmerfenster schaute. Obwohl schönes Wetter war, lag die Veranda immer noch im Schatten. Es wäre zu kalt, um sich dort draußen hinzusetzen.

Kurz vor Mittag zog ich mich an. Ich sammelte die Kleider vom Fußboden im Flur auf und tat sie in die Waschmaschine. Dann staubsaugte ich und wischte fast das ganze Haus feucht durch. Kurz dachte ich darüber nach, auch die Fenster zu putzen, aber es fing schon an, dunkel zu werden, also machte ich mir einen Salat aus verschiedenen Resten, die ich im Kühlschrank fand. Ich aß im Bett vor dem Fernseher, während ich mir eine Quizsendung mit Stars ansah. Ich kannte keinen von ihnen.

Danach spülte ich das Geschirr, ließ zwei Maschinen Wäsche durchlaufen, die ich anschließend in den Wäschetrockner stopfte. Auch hinter dem Schrank im Badezimmer machte ich sauber. Weil er schwer war, tat mir hinterher ein wenig der Rücken weh.

Ich schaltete den Computer ein und machte das Mailprogramm auf. Fast nur Mails, die mit der Arbeit zu tun hatten. Außer von Karin, die mir vorige Woche versprochen hatte, ein Bild zu schicken, das sie besonders witzig fand, und dem nie versiegenden Strom von Kinderbildern von Jens. ICA wollte einen neuen Text für eine Broschüre. Die Zeitschrift *Land* wollte sich mit mir treffen und einen Termin ausmachen. Håkan war mit einigen Formulierungen in dem Colgate-Rundbrief nicht zufrieden. Er fragte, ob es nicht möglich sei, den Ausdruck »frischer« mehrmals zu verwenden. Ein Massenrundschreiben von Greenpeace.

Noch eine Mail von Håkan, der wissen wollte, ob ich mir vorstellen könne, in einer Gruppe dabei zu sein, die für die Regierung arbeitete und Nachrichten für verschiedene Zielgruppen ausarbeitete.

»Ich weiß ja nicht, wo du politisch stehst«, schrieb er. »Melde dich, wenn du interessiert bist.«

Ich überlegte für einen Augenblick, wo ich politisch stand, und es fiel mir ein, dass ich bei den beiden letzten Wahlen nicht abgestimmt hatte. Hatte keine Zeit dafür gehabt.

Ich öffnete den Anhang von Karin. Sie schrieb, dass sie das Bild abartig komisch fände. Zwei Wochen lang hatte sie ständig davon erzählt. Es ging um eine Zeichnung, in der zwei Bären einen dritten umarmten, wobei direkt vor dem Bären ein Kaninchen stand und unglücklich dreinblickte. Ich verstand den Witz nicht.

Um elf Uhr beschloss ich, schlafen zu gehen. Ich rollte den Fernseher wieder ins Wohnzimmer, zog mich aus und putzte mir die Zähne. Warf mich aufs Bett, schloss die Augen, war jedoch hellwach.

Wie ich mich auch drehte, atmete, den Körper entspannte, ich konnte nicht einschlafen. Nach einer halben Stunde stand ich wieder auf. Als ich den Kühlschrank aufmachte, sah ich, dass er so gut wie leer war und alles, was noch in den Fächern stand, mehr oder weniger nicht mehr zu gebrauchen war. Eine riesige Flasche Chilisoße, drei ausländische und ziemlich eklige Marmeladen, Soja, eine Packung alter Hefe, Schlankheitsschokolade, eine alte geöffnete Dose mit Oliven, eingelegtes Obst. Ich setzte mich ins Wohnzimmer, ohne Licht anzumachen. Es war dunkel, doch nach einer Weile konnte ich die Konturen von Möbeln erkennen. Sind das alles meine Sachen?, fragte ich mich.

Als ich am nächsten Tag aufwachte, war es schon nach zwölf. Ich blieb noch im Bett liegen. Es roch nach Sommerhaus. Holz, auf das die Sonne geschienen hatte. Ich fühlte mich träge und hatte etwas Kopfweh vom vielen Schlafen. Irgendwann kämpfte ich mich aus dem Bett und setzte die Füße auf den warmen Holzfußboden.

Aus irgendeinem Grund fühlte es sich gut an, dort zu sitzen. Ich verspürte plötzlich eine große Sehnsucht, ich wollte hier in diesem Haus nicht mehr allein sein. Es sollte jemand hier sein, mich jetzt sehen und erkennen, dass ich imstande war, zu genießen. Womöglich war schon jemand vor mir auf und war in der Küche zugange? Vielleicht würde jemand Frühstück für mich machen, weil ich es verdiente? Vielleicht hätte jemand das Radio angestellt? Jetzt war es mucksmäuschenstill.

Ich ging zur Handtasche hinüber und checkte das Handy. Auch heute keine Anrufe. Das ist ein Rekord, dachte ich.

Ich ging in die Küche und setzte die Espressokanne auf. Stand eine Weile an der Stereoanlage und suchte einen Radiokanal, aber es war unmöglich, eine richtig gute Frequenz zu finden. Es rauschte und knackte nur. Am Ende machte ich aus.

Ich wollte Milch schäumen, merkte aber, dass die Milch sauer war, und trank den Kaffee, so wie er war. Er war stark. Dann suchte ich eine alte Ausgabe vom Veranstaltungskalender der *Dagens Nyheter* und blätterte die Anzeigen durch. Sah alles ziemlich langweilig aus.

Nachdem ich die Zeitung durchgeblättert hatte, ohne etwas zu finden, das mich interessieren könnte, zog ich ein Paar alter Jogginghosen und einen großen Strickpullover an und brach zu einem Spaziergang auf. Auf dem Weg die Einfahrt hinunter merkte ich, dass die Hosen keine Taschen hatten. Ich werde das Schlüsselbund in der Hand halten müssen, dachte ich.

Sehr schnell ging ich an den Nachbarhäusern vorbei, kam auf den Svanstigen und konnte mich dann nicht recht entscheiden, welche Richtung ich einschlagen sollte. Ich eilte weiter die Straße entlang, fühlte mich allerdings langsam unwohl in dem Wollpullover und den alten Trainingshosen, ja richtiggehend hässlich.

Erst jetzt wurde mir klar, wie unvorteilhaft ich angezogen war. Die Nachbarn würden glauben, ich hätte den Verstand verloren. Während ich die Schlüssel in der Hand fest umklammert hielt, beschloss ich, zurück den Weg durch den Wald zu nehmen. Ich stieg durchs Gebüsch und den Hügel hinter den Grundstücken hinauf und schritt dann zwischen Buschwerk und Steinen hindurch, bis ich zu meinem eigenen Rasen gelangte. Auf einem kleinen Grashügel rutschte ich schräg ab und spürte, wie sich etwas im Fuß unnatürlich verdrehte. Der würde sicher dick werden, ging mir durch den Kopf.

Ich blieb an der alten Sonnenuhr stehen und sah, dass sie sich jetzt noch mehr neigte. Man konnte von Weitem schon sehen, dass sie schief war. Ich fragte mich, welche Zeit sie wohl anzeigte.

Als ich den Hausschlüssel suchte und die Verandatür aufschloss, merkte ich, dass meine Hand von den Abdrücken der Schlüssel gestreift war.

Ich kam rein und dachte gleich, dass ich jetzt Karin anrufen würde. Aber eigentlich wollte ich nicht mit ihr reden. Das wollte ich schon lange nicht mehr. Ich war die Rolle leid, die sie mir aufdrückte. War ich es, die jemanden kennenlernen wollte, oder war Karin diejenige, die das für mich wollte?

Die Waschmaschine fing an zu schleudern. Ich hörte, wie sie im Badezimmer langsam Fahrt aufnahm. Als sie fertig war, wurde es im Haus vollkommen still. Ich horchte auf Geräusche. Nichts zu hören. Ich erwog noch einmal, meine Mutter anzurufen.

Lange saß ich vor dem Fernseher und starrte auf den ausgeschalteten Bildschirm. Dann schaltete ich ihn ein. Das Kinderprogramm lief. Pippi Langstrumpf und Tommy und Annika spielten Schiffbruch. Während Pippi emsig hin und her lief und Tommy und Annika sie mit großen Augen beobachteten, merkte ich, wie mir die erste Träne langsam über die Wange kullerte. Innerhalb weniger Sekunden saß ich heulend auf dem Sofa, sodass die Fernbedienung ganz nass wurde. Ich trocknete sie mit dem Pulloverärmel ab, damit sie keinen Schaden nahm, und legte sie auf den Couchtisch.

»Wir werden wohl eine Flaschenpost verschicken müssen«, sagte Pippi. »Los, schreib: Noch zwei Tage ohne Schnupftabak, und wir verschmachten auf dieser Insel.«

Ich stand auf und holte einen Schreibblock. Setzte mich wieder aufs Sofa und drehte die Lautstärke des Fernsehers herunter. Ohne Freund in diesem Haus, dachte ich. Ich blätterte den Block durch. Fast unmöglich, eine unbeschriebene Seite zu finden. Ich stieß auf alle möglichen verschiedenen Formulierungen mit exakt demselben Ziel: kaufen oder noch mehr kaufen.

Am Ende des Blocks fand ich ein paar leere Seiten. »Hallo«, schrieb ich. Ich schaute auf die Buchstaben. Sie sahen merkwürdig aus. Als hätte jemand anders sie geschrieben. Ich strich sie durch und schrieb darunter: »Ohne Ziel im Leben verschmachte ich an diesem Ort.« Ich riss die Seite heraus und schlug ein neues Blatt auf und schrieb: » Ohne dich.«

Das sah schön aus. Plötzlich musste ich furchtbar lachen. Ich schrieb weiter. »Ohne dich. Wer bist du?«

Eindringlich betrachtete ich diese beiden Zeilen. Das fühlte sich neu an.

Dann stand ich auf und merkte, dass der Fuß wehtat. Ich hinkte in den Flur und suchte das Telefonbuch heraus. Ich legte es auf den Tisch und schlug irgendeine Seite auf. Darauf machte ich die Augen zu und ließ den Finger über die Seite gleiten und zählte dabei bis drei. Der Finger landete zwischen zwei Namen. Jan Larsson, Tunnelvägen in Sollentuna und Jan Larsson, Högbergsgatan, Stockholm. Ich wiegte mich auf den Zehen dreimal hin und her. Dann wählte ich den Jan Larsson aus, der am besten klang, und schrieb seinen Namen und seine Adresse auf den Briefumschlag. Ich ging ins Arbeitszimmer, fand eine Briefmarke und klebte sie darauf. Dann legte ich den Brief gut sichtbar auf den Küchentisch.

Ich kriegte Lust zu singen. Ich hinkte im Haus umher und

sang, während ich auf einem Bein tanzte. Auf einmal fiel mir ein, dass das Auto ja noch in dem Parkhaus am St. Eriksplan stand. Ich zog ein Kleid an, das ich sicherlich zwei Jahre lang nicht angehabt hatte, und rief ein Taxi. Zehn Minuten lang starrte ich unentwegt auf den Brief auf dem Küchentisch. Als das Taxi kam, beschloss ich, ihn liegen zu lassen. Fürs Erste.

Ich verließ das Haus mit dem Gefühl, mich aus einer Umarmung befreit zu haben, und erst als ich mich ins Taxi gesetzt und erklärt hatte, wohin ich wollte, und das Auto langsam losfuhr, begriff ich, wer hier bestimmte. Ich lehnte mich in dem angenehm kühlen Ledersitz zurück und genoss diesen Gedanken eine Weile. Dann beugte ich mich zu dem Taxifahrer vor und sagte, ich hätte mich anders entschieden. Ich bat ihn, mich stattdessen vor Åhléns rauszulassen.

Wir kamen an, ich bezahlte und ging durch den großen Eingang des Kaufhauses, wo massenhaft Leute waren. Fuhr die Rolltreppen hoch, eigentlich nicht besonders scharf darauf, etwas einzukaufen, aber doch mit dem eindeutigen Gefühl, dass alles Mögliche passieren könnte.

Auf der ersten Etage rempelte ich jemanden an. Ich drehte mich um und sah, dass es diese Ministerin war. Wir lächelten uns an. Sie sah nett aus. Irgendwie vollkommen anders als sonst auf all den Fotos. Ich lächelte, ganz beiläufig, und sie erwiderte mein Lächeln. Wir gingen beide in dieselbe Abteilung, zogen verschiedene Kleidungsstücke heraus und befühlten sie. Ich merkte, dass sie mich ansah, und strich mit den Fingern an den Bügeln entlang. Fand eine Bluse in meinem Stil und zog sie an, während sie mich beobachtete. Ich fühlte mich schön. Sie nickte. Es war, als würden wir uns schon lange kennen. Die Ministerin und ich

Wo stand ich eigentlich politisch?

Zwielichtige Gestalten

Es ist zwielichtig. Alles.

Er ist zwielichtig. Darüber sind wir uns einig. Hasse sagt, er sei kriminell, aber ich weiß es nicht. Es ist schwer zu sagen, ob er wirklich kriminell ist, doch definitiv zwielichtig.

Die Polizei sagt, sie seien nicht sicher, ob wirklich ein Verbrechen vorliege. Für sie ist das sicherlich schwer zu beurteilen, weil sie nicht ständig hier sind und sehen, was vor sich geht. Weil sie nicht sehen, was wirklich geschieht. Wir können nichts tun. Das sagten wir dem Polizisten, der hier war. Wir tun, was wir können, sagen wir. Mehr können wir nicht tun.

Gestern kam er um halb ein Uhr nachts nach Hause, und das ist für seine Verhältnisse richtig früh. Oft ist er nicht vor zwei, halb drei zu Hause. Dann blieb er noch auf und hatte mehrere Stunden lang das Licht an. Die ganze Zeit stand er am Fenster und sah über den Hof direkt zu uns herüber. Stand einfach nur übernatürlich still da, als hätte er alle Zeit der Welt. Mein Gott, war das grässlich. Ein paar Mal schien es, als hätten wir Blickkontakt, und meinen Körper durchlief ein Schauder.

Einmal hat er mich im Supermarkt am Kühlregal bei der Milch abgepasst. Er kam von Weitem auf mich zu, und ich sah sofort, dass er es auf mich abgesehen hatte. Er atmete heftig und starrte mich mit diesem intensiven Blick an. Dann drängte er mich zurück, sodass ich die Kante der Kühltruhe in den Kniekehlen hatte und mich fast in die Milch gesetzt hätte. Ich habe nur die Augen zugemacht und ihn aus meinen Gedanken verbannt.

Vor einem halben Jahr haben wir gemerkt, dass er so einen komischen Gesichtsausdruck hat. Hasse war mit Miezi draußen gewesen, und als sie wieder zur Haustür rein wollten, stand er da und wartete. Starrte geradeaus vor sich hin und nahm gar keine Notiz von Hasse. Ich habe in Erinnerung, dass Hasse meinte, er habe einen Bart. Es kann aber auch sein, dass er keinen hatte, denn seither habe ich ihn nie mit einem Bart gesehen. Möglicherweise hat er angefangen, sich zu rasieren. Hasse fragte, ob er jemanden suchen würde, was er verneinte. Dann nahm Hasse Miezi unter den Arm und ging ins Haus, wobei er darauf achtete, dass die Tür hinter ihm ins Schloss fiel. Er ging ein Stück die Treppe hinauf und blieb dann im Dunkeln stehen, ohne das Licht anzumachen. Von dort aus konnte er den Mann da draußen klar und deutlich sehen.

»Er hat nicht einmal geraucht«, sagte Hasse etwas später, als wir am Esstisch saßen. »Und ich habe auch keine Kippen auf dem Boden entdeckt. Er stand einfach nur da und wartete.«

Da wussten wir noch nichts von der Psychiatrie und dass es in Zukunft noch viele ähnliche Situationen geben würde.

Eines Tages entdeckte ich ihn an einem Fenster direkt über den Hof. Eine völlig kahle Wohnung, keine Gardinen, nichts an den Wänden. Im Wohnzimmer hing nur eine nackte Glühbirne an der Decke, und in der Küche war das Licht von der Dunstabzugshaube zu sehen. Er wanderte umher, von der Küche ins Wohnzimmer und wieder in die Küche. Vor und zurück, immer wieder. Es schien mir, als würde er mit sich selbst reden. Ich rief Hasse.

»Ist er das nicht? Dieser Mann da?«

Hasse kam zum Fenster und sah eine Weile hinüber, während der andere seine Wanderung und seine Selbstgespräche fortsetzte.

»Doch«, sagte Hasse, »das ist er.«

Erst dachten wir, dass er vielleicht bei einem Freund zu Besuch sei und deshalb vor unserem Eingang gewartet habe. Vielleicht hatte er sich ja in der Adresse geirrt. Doch nach ein paar Tagen wurde uns klar, dass das seine Wohnung sein musste, denn sonst war niemand anders zu sehen, und er schien sich dort heimisch zu fühlen. Oft ging er seine vertraute Runde, von der Küche ins Wohnzimmer und wieder zurück, wie in Form einer Acht.

Wir fanden es seltsam, dass er nie Gesellschaft hatte, immer allein war. Ein Mann in seinem Alter? Auch wenn er nicht verheiratet war, dann könnte er doch wenigstens Freunde haben. Einen Kumpel.

Jeden Freitag und Samstag streitet sich das Paar unter uns lautstark bis in die frühen Morgenstunden. Hasse ist schon mehrmals unten gewesen und hat sie gebeten, sich etwas zurückzuhalten. Meistens gehen sie darauf ein, aber nach einer Weile herrscht wieder derselbe Lärmpegel. Die beiden glauben wahrscheinlich, dass wir es nicht merken.

Bei dem Mann gegenüber haben wir hingegen noch nie jemand anders gesehen.

Nach einer Weile stellten wir fest, dass er fast nie vor dem Fernseher saß oder telefonierte. Er hatte einfach keine sozialen Kontakte. Keine Morgenzeitung, und auf die Adresse war auch kein Handy eingetragen. Morgens schlief er lange, manchmal bis mittags, und ging dann so gegen sechzehn Uhr aus dem Haus. Meist war er erst spät in der Nacht zurück. Er bekam fast keine Post, meistens nur Reklame, aber nach ein paar Wochen brachte er ein Schild mit »Bitte keine Werbung« an. Damit blieben auch die Werbesendungen aus. Durch den Briefschlitz konnte man sehen, dass nichts auf dem glatten Fußboden im Flur lag.

Einmal im Monat kam ein Fensterkuvert von der Gesundheitsbehörde, und so wurde uns allmählich klar, dass er in der Psychiatrie arbeitete.

Sein Gesicht war völlig ausdruckslos, wenn er diesen Brief aufmachte. Er schaute ihn kaum an. Riss ihn nur auf und warf ihn in den Papierkorb.

So kamen wir auf die Idee, die Mülltonnen zu überwachen.

Hasse stand mit Miezi unten auf dem Hof, und sowie der Mann auftauchte, rief er mich vom Handy aus an. Ich schaute aus dem Fenster und sah ihn die Mülltüte in die erste von den Tonnen werfen, und Minuten später stand Hasse mit der Tüte in der Hand im Flur und mit Miezi an der Leine, die zufrieden schnurrte.

Wie sich herausstellte, enthielt die Mülltüte die Reste des Essens, das wir durch den Feldstecher gesehen hatten. Es war nicht alles aufgegessen. In der Tüte lag eine Menge Obst und Gemüse, das sich durchaus noch eine Woche lang gehalten hätte. Bananen, die nur ein wenig braun geworden waren. Eispapier und Coladosen, Pfandflaschen. Auf dem Lohnbescheid konnten wir sehen, dass der Großteil seiner Einkünfte von einer Arbeit stammte, die mit ungünstigen Arbeitszeiten verbunden war. Auf diese Weise musste er offenbar nicht so viel arbeiten.

Von unserem Fenster aus konnte man Wohnzimmer und Küche deutlich sehen, allerdings nichts vom Badezimmer und nur einen Teil vom Schlafzimmer, wenn die Tür nicht zu war. Wenn die Schlafzimmertür offen stand, konnte Hasse mit seinem Feldstecher, den er früher zum Vogelbeobachten benutzt hatte, undeutlich erkennen, was auf dem Nachttisch stand, aber meist stand da so gut wie nichts. Ein Glas Wasser, vielleicht ein Buch.

Wir hörten uns bei seinen direkten Nachbarn um, ob sie etwas Seltsames bemerkt hätten, doch sie sagten, es sei nichts Ungewöhnliches vorgefallen. Er habe sie nie gestört, allerdings kannte ihn niemand näher. Niemand war je in seiner Wohnung gewesen. Irgendwann habe er mal Besuch gehabt, aber nur das eine Mal. Er bleibe für sich, sagten sie. Die Nachbarin nebenan war nicht zu Hause, oder sie machte nicht auf.

Kurz nachdem er am Abend desselben Tages nach Hause gekommen war und in der Wohnung Licht gemacht hatte, entdeckte er Hasse mit dem Feldstecher am Fenster. Erst schaute er nur kurz ein paarmal hin, doch nach einer Viertelstunde, zwanzig Minuten zog er sich einen Stuhl ans Fenster, setzte sich und starrte stur zurück.

Ich sagte zu Hasse, er solle zur Seite gehen und die Gardinen zuziehen, aber Hasse meinte, er habe psychologisch gesehen die Oberhand.

»Ich habe schließlich den Feldstecher«, sagte er. »Ich komme näher an ihn heran als er an mich.«

Am nächsten Tag nahm Hasse Miezi und wartete ein Stück von seinem Eingang entfernt auf ihn. Als er ihn herauskommen sah, folgte er ihm in einigem Abstand. Er ging sehr schnell, und manchmal musste Hasse Miezi beinahe hinter sich herziehen, die natürlich wie immer stehen bleiben und herumschnuppern wollte. Erst dachte Hasse, er sei auf dem Weg hinunter zum Bus, aber dann ging er an der Haltestelle vorbei und weiter auf dem Fahrradweg neben dem Bürgersteig. Einmal an einem Fußgängerüberweg verlor Hasse ihn fast aus den Augen, aber sogleich hatte er ihn wieder eingeholt. Bald begriff er, wohin sie unterwegs waren: zum Irrenhaus.

Irgendwann merkte Hasse, dass er entdeckt worden war.

»Ich unternahm keine größeren Anstrengungen, nicht gesehen zu werden«, erzählte er später. »Ich habe schließlich nichts zu verbergen.«

Als er am Empfang im Krankenhaus vorbeigegangen war, fragte Hasse die Frau dort, was sie über den Mann wisse, der gerade hier vorbeigekommen sei. Doch die Frau hatte offenbar viel zu tun, denn sie schüttelte nur den Kopf und antwortete, sie könne keine Auskünfte geben, weder über Patienten noch über das Personal.

Hasse stand noch eine Weile herum, aber irgendwann sagte die Frau an der Rezeption, er müsse wegen der Katze das Krankenhaus verlassen.

Am nächsten Abend passierte wieder dasselbe. Sobald er zur Tür hereingekommen war, ging er zum Fenster, um nach Hasse Ausschau zu halten. Doch als er ihn entdeckte, ging er sofort in den Flur zurück, zog sich die Schuhe an und verschwand wieder aus der Wohnung.

»Jetzt ist er gegangen«, meinte Hasse.

»Wohin ist er gegangen?«, fragte ich.

»Keine Ahnung«, antwortete Hasse. »Er ist einfach rausgegangen.«

Ein paar Minuten später klingelte es an unserer Tür. Das Klingeln drang wie ein elektrischer Stoß durch meinen Körper, und ich stieß einen kleinen Schrei aus. Hasse kam zu mir und legte seinen Arm um meine Schultern, und wir standen im Flur und hielten uns fest, während wir darauf warteten, dass das Klingeln aufhören würde. Ich fragte mich, ob wir nicht die Polizei anrufen sollten, aber irgendwie wagten wir nicht, miteinander zu sprechen, solange er auf der anderen Seite der Tür stand. Er klingelte sicher zehn Minuten lang, als würde er meinen, dass wir ihn nicht hörten. Ich sah ihn durch den Spion an der Tür. Schließlich gab er auf und verschwand.

Als er wieder in seine Wohnung kam, ging er geradewegs zum Telefon, und Hasse sagte, dass er sehr aggressiv ausgesehen und in das schnurlose Telefon gebrüllt und geschrien habe, während er in der Wohnung weiter seine Runden drehte.

Am nächsten Tag gingen wir bei den Nachbarn in unserem Haus und den nächstliegenden Eingängen vorbei und informierten sie über das, was geschehen war. Die meisten waren freundlich und sehr interessiert an dem, was wir zu sagen hatten. Andere wiederum waren zurückhaltend, und einige trafen wir nicht zu Hause an. Wir erzählten, was wir wussten, und fast alle sagten, dass sie das nicht erstaunte. Sie hätten selbst schon gesehen, wie dieser Kerl in seiner Wohnung umhergelaufen war. War das nicht komisch, dass er keine Gardinen hatte? Nicht einmal eine Pflanze? Kaum irgendwelche Möbel? Berit in Nummer fünf meinte, sie habe ihn schon mal nachts durch die Büsche schleichen sehen. Aber sie war sich nicht ganz sicher. Es hätte auch ein Reh sein können, sagte sie. Und ich antwortete, dass es sehr gut er gewesen sein könnte. Auf jeden Fall war sie stehen geblieben und hatte in Richtung Büsche gerufen, dass er verschwinden solle. Das hatte offenbar Wirkung gezeigt.

Wir kamen mit den meisten überein, dass wir den Kontakt halten sollten, und alle meinten, dass wir uns zu selten treffen würden und uns wie in diesem Fall öfter verständigen sollten.

Hasse schrieb alle Telefonnummern auf und versprach, jedem eine Telefonliste vorbeizubringen.

In Nummer elf machte ein junges Mädchen auf, und ich bat, mit ihren Eltern sprechen zu dürfen. Sie sagte, sie seien nicht zu Hause, also informierte ich das Mädchen über die Einzelheiten. Ich bat sie, mit ihren Eltern darüber zu sprechen.

»Was soll ich sagen?«, fragte sie.

»Was ich gesagt habe natürlich«, erwiderte ich.

Sie nickte bedächtig und antwortete, das würde sie tun.

Nachmittags riefen wir im Krankenhaus an und baten, mit dem Personalchef reden zu dürfen. Er war nicht zu sprechen, aber seine Sekretärin meinte, sie könne eine Nachricht hinterlassen. Ich erzählte von dem Mann, und Hasse stand daneben und warf noch das eine oder andere ein.

»Er hat keinen besonders guten Ruf«, sagte ich.

»Ach so?«, meinte sie.

»Nein. Ich dachte, das würde Sie möglicherweise interessieren, oder?«

»Was denn?«

»Das, was so über ihn geredet wird.«

»Ach so, ja, dann vielen Dank.«

Am Tag danach begegnete ich ihm im Supermarkt. Zuerst bemerkte er Miezi und dann mich, und es schien, als würde ihm etwas klar werden. Er kam auf mich zu und starrte mir direkt ins Gesicht. Ich weiß nicht, was passiert wäre, wenn nicht gerade Leute vom Personal Waren in das Kühlregal mit der Milch einsortiert hätten. So gelang es mir, eine Frau vor dem Regal anzusprechen und sie zu bitten, mir zu helfen, den Datumsstempel zu entziffern. Erst blieb er stehen, als würde er warten, bis ich das geklärt hätte, doch offensichtlich hatte er es eilig, denn nach einer

Weile verschwand er in Richtung Kasse, und auf dem Nachhauseweg konnte ich ihn nirgends entdecken.

Ich erzählte Hasse von dem Ereignis im Supermarkt, und er sagte, dass wir in Zukunft vorsichtiger sein sollten. Dann baute er auf einem Stativ neben dem Feldstecher im Schlafzimmer unsere alte Kamera auf. Er sagte, er wolle Beweise finden.

An jenem Abend mussten wir lange warten, bis er nach Hause kam. Hasse saß an seinem Platz im Schlafzimmer bereit und kopierte mit Kohlepapier die Telefonlisten für die Nachbarn. Als er endlich irgendwann kurz nach drei in den Flur trat, hatte er mehrere große, dicke Bahnen Stoff dabei, die er zum Fenster schleifte.

Er hängte sie auf und machte sie mit Sicherheitsnadeln fest, sodass man fast nichts mehr erkennen konnte. Aber als der Mann die Stoffbahnen an den Rändern glatt strich, entstand ein kleiner Spalt, und Hasse konnte durch den Feldstecher sehen, dass er wieder telefonierte. Erst musste er lange warten und wirkte dann während des Gesprächs sehr erregt. Er sprach laut, das war deutlich zu erkennen, und gestikulierte mit den Armen, als würde er davon ausgehen, derjenige am anderen Ende könnte ihn sehen. Immer wieder ging er während des Gesprächs zum Fenster und starrte durch den kleinen Spalt über den Hof zu uns.

Am nächsten Tag war die Polizei bei ihm. Hasse konnte durch den Feldstecher sehen, wie sie mit ihm redeten, und nur eine Viertelstunde später klingelten sie bei uns. Ein junger Polizist stellte sich vor und bat, kurz hereinkommen zu dürfen. Er behielt die Schuhe an. Wir boten ihm Kaffee und Kekse an, aber er trank nur Kaffee. Ich dachte, ich hätte noch irgendwo Schokoladenkekse, ich fand jedoch nur Pfefferkuchen, die ich dazustellte und von denen er ebenfalls nichts aß. Er fragte, was wir so machten, und ich erklärte, dass wir seit langem pensioniert seien. Er schien nett, aber ein wenig antriebslos zu sein. Fast während des ganzen Gesprächs schaute er etwas abwesend auf das Kräuterregal und meine kleine Porzellanfigur vom heiligen Georg mit dem Drachen. Er wollte wissen, was für ein Verhältnis wir zu dem Mann in der Wohnung direkt gegenüber hätten. Wir antworteten, so gut wir konnten, und der Polizist hörte zu und zog die Augenbrauen zusammen.

»Er soll bloß nicht glauben, dass er davonkommt«, sagten wir.

Zuletzt nahm Hasse ihn mit ins Schlafzimmer und zeigte ihm den Stuhl vor dem Fenster, wo er immer saß. Der Polizist schaute durch Hasses Feldstecher und die aufgebaute Kamera und hob einen leeren Kaffeebecher hoch, der neben dem Notizblock stand, auf dem Hasse die Zeiten notierte, wann der Mann nach Hause kam und wann er wieder wegging.

Als wir ihn allerdings fragten, ob er die Reste aus der Mülltüte sehen wolle, schüttelte er nur den Kopf und entgegnete, er müsse jetzt gehen, aber er würde wiederkommen. Ich fragte, ob er nicht doch einen Keks wolle, er habe sie ja nicht einmal probiert. Doch er wollte nicht. Hasse fragte, was er von der Sache halte. Der Polizist sah sich in der Wohnung um und antwortete, er wisse nicht so recht, was er davon halten solle, aber er könne nicht mit Bestimmtheit sagen, ob hier ein Verbrechen vorliege.

Das Los

Schon als Patrik Ohlsson das Los auffaltete und die Nummer zum ersten Mal sah, fiel ihm die lustige Zahlenkombination auf.

»Komm mal her, Linn, ich zeige dir was«, rief er seiner Tochter zu. Linn stand oben auf einem Verteilerkasten und versuchte, an einen der Ballons zu kommen, die für das Hoffest in der Kita aufgehängt worden waren. Drum herum standen noch einige andere Kinder und feuerten sie an. Klara zog an ihrem Bein und wollte selbst gern rauf. Widerwillig kletterte sie herunter und kam zu Patrik. Er zeigte ihr das Los.

Linn meinte, da stünde sechsundsechzig, aber der Vater erklärte ihr, dass das eine Neunundneunzig sei. Sie sah die Zahlen auf dem Kopf. Er drehte den Zettel und zeigte ihr, wie das funktionierte.

»Man könnte das ein Zahlenpalindrom nennen.«

Sie sah hoch und stieß einen kleinen Freudenschrei aus. Schnell lief sie zu ihren Freunden zurück, um ihnen von dem magischen Los zu erzählen, das aus zwei verschiedenen Zahlen bestand. Patrik Ohlsson blieb mit dem Los stehen, und als er etwas genauer hinschaute, bemerkte er, dass seine Tochter recht gehabt hatte. Es war eine Sechsundsechzig. Hinter der Sechs war ein kleiner Punkt zu sehen. Er drehte das Papier, aber dann wirkte der Punkt wie ein Apostroph. Und das war sicher nicht so gemeint.

Linn kam angelaufen und wollte gerne das Los haben, um es den anderen zu zeigen. Sie riss ihm den Zettel aus der Hand und verschwand in dem Gewühl von Kindern auf dem Hof vor der Kita.

Patrik Ohlsson hatte es nie geschafft, sich auf dieser Art von Veranstaltungen wirklich wohlzufühlen. Er fühlte sich immer genötigt, die Rolle des fröhlichen Papas, des interessierten Vaters zu spielen. Er war an den Aktivitäten seiner Tochter interessiert, und er war auch oft guter Laune, aber es fiel ihm schwer, das auf Bestellung zu sein. Außerdem kannte er hier fast keinen von den Erwachsenen. Die anderen Eltern hingegen benahmen sich, als seien alle so gut wie miteinander verwandt. Sie johlten und umarmten sich und machten Pläne, was sie im Sommer alles unternehmen würden. Patrik Ohlsson stand in einer Ecke direkt am Zaun. Ein Stück von ihm entfernt stand Klaras Vater ebenfalls allein herum, und er sah aus, als würde er sich ungefähr so fühlen wie Patrik. Sie unterhielten sich nicht. Sie hatten sich gegrüßt, als sie gekommen waren, und jetzt sahen sie Klara und Linn zu, die mit den anderen Kindern herumrannten. Patrik beobachtete, wie Klara Linn an den Haaren zog. Er blickte zu Klaras Vater hinüber, der in eine andere Richtung schaute.

Die Erzieherinnen hatten alles wunderbar vorbereitet und boten alle möglichen Außenaktivitäten für die Kinder und die Erwachsenen an. Es gab einen kleinen Basar, ein Kasperletheater sowie Kaffee, Saft und Zimtwecken. Den großen Höhepunkt des Festes stellte die Verlosung dar, in deren Verlauf die drei Körbe mit Essen und Spielsachen endlich ihre Besitzer finden würden. Patrik Ohlsson hatte fünf Lose gekauft. Einerseits, weil er fünfundzwanzig Kronen in bar dabeihatte, andererseits, weil Linn voriges Jahr so schrecklich gern einen solchen Korb gewonnen hätte. Er wusste nicht, ob sie auch in diesem Jahr noch so versessen darauf war, aber er ging lieber auf Nummer sicher.

Für Mai war es recht heiß. Mehrere Kinder trugen kurze Hosen, und Patrik musste das Jackett ausziehen. Er wischte sich Schweiß von der Stirn und schaute zum Himmel hinauf, wo schwarze Wolken aufzogen. Ob es ein Gewitter geben würde? Alles deutete darauf hin.

Eine der Erzieherinnen kam mit einer Schüssel heraus und trommelte die ganze Gesellschaft zusammen. Die Eltern schlenderten langsam auf den Tisch mit den Preisen zu. Eine gemäßigte Form der Aufregung breitete sich unter den Erwachsenen aus. Die Kinder rannten weiterhin ausgelassen herum. Einige zerrten an ihren Eltern. Patrik Ohlsson nahm den Buggy von Linn und rollte ihn an den äußeren Rand des Kreises, der sich um die Erzieherin mit der Schüssel gebildet hatte. Auf dem Tisch standen die drei in Zellophan eingewickelten Körbe.

Sie fuhr mit der Hand durch die Lose in der Schüssel, vermischte sie eine Weile und holte dann einen der Zettel heraus. Sie wickelte ihn aus und sagte laut:

»Nummer zweiunddreißig.«

Patrik warf einen Blick auf seine Lose, während er gleichzeitig jemand anders auf der anderen Seite des Kreises jubeln hörte.

»Haben wir gewonnen?«, vernahm er Linns Stimme direkt neben sich.

»Nein, diesmal nicht, Liebes.«

Er sah jemand von den Eltern aus der Himbeeren-Gruppe vortreten und den ersten Korb entgegennehmen. Linn zog an Patriks Hosen:

»Ich will auch was gewinnen, Papa.«

»Ja ja, Liebes, mal abwarten …«

Die Erzieherin durchmischte wieder die Schüssel, holte ein Los heraus und verkündete:

»Nummer sechzehn.«

Patrik blickte auf seine Lose, aber keine Sechzehn war dabei.

»Haben wir gewonnen, Papa?«

»Hm, nein …«

Wieder einer von den Himbeeren. Patrik fand, dass sie es etwas besser verteilen sollten. Dann fiel ihm ein, dass das wahrscheinlich schwer zu bewerkstelligen war. Er bereitete sich schon mal auf eine Trostoffensive vor, falls auch das nächste Los keines von ihren sein würde.

Die Erzieherin mit der Schüssel hielt das letzte Los hoch. Sie wickelte es auf.

»Nummer sechsundsechzig.«

Patrik Ohlsson empfand ein leichtes Gefühl von Aufregung in der Brust. Es war sein erster Lotteriegewinn überhaupt. Er wandte sich Linn zu und lächelte.

»Haben wir gewonnen?«, fragte sie im selben Tonfall wie zuvor. Als ob sie bereits wüsste, dass sie nicht gewinnen würden. Das kannte er von sich selbst, diese unerfüllten Erwartungen an das Leben. Als ob sie schon eingesehen hätte, dass man nicht gewinnt, jedenfalls nicht sie beide. Aber dennoch musste die Frage gestellt werden. Der Traum musste am Leben erhalten werden. Doch in ihrem tiefsten Innern wusste sie jetzt schon, dass sie nicht zu denen gehörte, die gewannen. Plötzlich hört er das Misstrauen so deutlich in ihrer Stimme und kann nicht schnell genug auf diese neue Konstellation hinweisen: dass sie diesmal gewonnen haben. Seine Tochter gehört zu den Gewinnern.

»Hast du nicht gehört?«, fragt Patrik. »Das ist unsere Nummer.«

»Haben wir gewonnen?«, fragte sie mit weit geöffnetem Mund.

»Wo hast du das Los?«, fragte Patrik.

Linn schaute ihre Hände an, erst die eine, dann die andere, und bemerkte, dass sie kein Los hatte. Sie suchte in ihren Taschen, fand aber nichts. Patrik sah die anderen Lose durch. Er durchsuchte ihre Latzhose, und seine Augen schweiften auf den Boden um sie herum. Kein Los.

»Ach, ganz egal«, sagte er, nahm sie an der Hand und ging zum Preistisch. »Wir wissen ja, dass wir die Nummer hatten.«

Als sie zu der Erzieherin mit der Schüssel kamen, stand dort Klaras Papa mit dem dritten Korb.

»Hallo, wir haben gewonnen«, sagte Linn.

»Nein, wir haben gewonnen«, erklärte Klara.

Die Erzieherin warf Patrik und Linn einen Blick zu.

»Nanu«, meinte sie, »wir haben schon einen Gewinner.«

Patrik sah erst die Erzieherin und dann Klara an, die dastand und den Korb festhielt.

»Entschuldigung. Da muss ein Versehen vorliegen«, sagte Patrik und drängte sich durch die Menge der Kinder, die den Preistisch bewachten. »Wir hatten die Nummer sechsundsechzig.«

»Wir auch«, erklärte Klara.

»Haben Sie das Los?«, fragte die Erzieherin.

»Nein, wir haben es verloren«, entgegnete Patrik. »Aber ich bin vollkommen sicher, dass wir diese Nummer hatten.«

»Haben wir nicht gewonnen, Papa?«, quengelte Linn hinter ihm. Patrik musste sie zwischen zwei größeren Jungen hervorziehen, die sich vor dem Tisch drängelten.

»Wir haben gewonnen«, tönte Klara.

»Wie seltsam«, sagte die Erzieherin und wandte sich an Klaras Vater. »Und Sie sind sicher, dass Sie die Sechsundsechzig hatten?«

Klaras Vater lächelte und zog das Los aus der Tasche.

»Ja, natürlich. Ich hab es hier. Sind Sie sicher, dass Sie sich nicht getäuscht haben?«, fragte er und schaute Patrik an. »Wissen Sie, die Sechsundsechzig kann man leicht mit der Neunundneunzig verwechseln. Das sind ja sozusagen dieselben Zahlen.«

Klaras Vater lächelte und wedelte einen Moment mit dem Los in der Luft herum, um es dann wieder in die Tasche zu stecken. Klara zerrte an dem Korb, sodass er fast vom Tisch fiel.

»Entschuldigen Sie«, sagte Patrik, »aber ich glaube, Sie haben sich getäuscht. Uns ist nämlich genau das auch aufgefallen. Ich habe Linn darauf hingewiesen und bin hundertprozentig sicher, dass es die Nummer sechsundsechzig war.«

»Haben wir nicht gewonnen, Papa?«, fragte Linn.

»Tut mir leid«, meinte Klaras Papa, »aber wir haben nun mal das Los.« Er hob den Korb vom Tisch, aber Patrik packte ihn schnell am anderen Ende. Er hielt ihn fest, wobei er Klaras Vater anstarrte. Die Erzieherin sah bedrückt aus. Sie nahm Linn auf den Schoß und legte die Arme um sie.

»Wenn ich mal kurz das Los haben darf, dann kann ich es Ihnen zeigen«, meinte Patrik.

»Papa, du hast gesagt, dass es auf dem Kopf steht«, schniefte Linn.

»Ja, Liebes, aber ich habe mich getäuscht. Als ich mir das Los näher angeschaut habe …«

»Wir haben gewonnen«, kreischte Klara und versuchte, Patriks Hände wegzuschieben. Patrik hielt den Korb fest. Er spürte, wie Klaras kleine scharfe Nägel an seinen Knöcheln kratzten.

»Es gab da einen kleinen Punkt«, fing Patrik an, aber jetzt brüllte Linn. Sie schrie aus vollem Hals und vergrub ihren Kopf tief in die langen lockigen Haare der Erzieherin. Klara schrie ebenfalls und zog an dem Korb. Die Erzieherin und der Vater von Klara sahen Patrik beide mit finsterem und vorwurfsvollem Blick an.

»Können Sie nicht mal aufhören?«, fragte Klaras Vater.

Patrik verstummte und ließ los. Linn weinte weiter. Während die Erzieherin sie in ihren Armen hielt, versuchte Patrik verwirrt, dem Mädchen eine Hand auf den Rücken zu legen, merkte jedoch gleich, wie unangebracht das war. Er erwog, nachsichtig zu lächeln, ließ es aber bleiben. Klara und ihr Vater nahmen den Korb und gingen zu den anderen Eltern, die dabei waren, zusammenzupacken und zu gehen.

»Wir haben gewonnen!«, rief Klara herüber. Sie stand mitten in der Menge von Kindern, die immer noch um ihre Eltern herumrannten, wobei diese vergeblich versuchten, den Aufbruch zu organisieren.

Patrik stand nach wie vor mit den anderen Losen in der Hand da. Er knüllte sie in der Hosentasche zusammen und spürte, wie ein kühlerer Wind im Hof der Kita aufkam. Linn hing immer noch an der Erzieherin, die sie langsam hin- und herwiegte. Er hätte seine Tochter in dieser Situation gern selbst getröstet. Die Sonne war hinter einer Wolke verschwunden, und große dunkle Gewitterwolken breiteten sich über dem Himmel aus.

»Du hast gesagt, wir haben gewonnen«, piepste Linn, die ihren Kopf in den Haaren der Erzieherin vergraben hatte.

Er strich ihr über den Kopf und fand, dass es jetzt an der Zeit war, dass die Erzieherin sie losließ.

»Ich weiß, Liebes«, erwiderte Patrik. »Das haben wir auch.« Wir hatten die richtige Nummer, aber Klaras Vater hat gelogen und sich den Gewinn ergaunert, dachte er. Laut sagte er:

»Manchmal ist das einfach so. Komm, wir beeilen uns, denn es wird gleich regnen.«

Es dauerte viel zu lange, bis die Erzieherin Linn ihrem Vater überließ und er sie fest in seine Arme schloss.

»Wir gehen nach Hause und essen Eis.«, sagte er.

Sie gingen zum Buggy zurück und packten ihre Sachen zusammen. Inzwischen waren fast alle Eltern und Kinder weg, und die Erzieherinnen trugen gemeinsam Tische und Stühle hinein. Der Himmel war beunruhigend dunkelblau geworden, und die Ballons flatterten im Wind. Linn schluchzte immer noch, und Patrik fragte sich, wie viel von diesem Weinen wohl von dem ausgebliebenen Gewinn herrührte und wie viel mit dem Auftritt am Preistisch zu tun hatte.

Schon bald fielen die ersten Tropfen auf den Hof, und Patrik schob Linn im Buggy zum Parkplatz. Er klappte einen Regenschirm auf, wobei er versuchte, ihn über sie beide zu halten. Als sie an dem Verteilerkasten vorbeirollten, entdeckte Patrik einen blauen Zettel auf dem Boden. Ein Los. Noch ehe er den nassen Papierfetzen aufhob, wusste er, was für eine Nummer er darauf finden würde. Er sah sich eilig um und entdeckte Klaras Vater, der gerade die letzten Sachen in das Auto auf dem Parkplatz packte.

»Warte kurz«, sagte er zu Linn und machte sich zu dem Auto von Klaras Vater auf, das ein Stück entfernt stand. Jetzt pladderte der Regen richtig. Er kürzte den Weg über den kleinen Rasen ab, rutschte aus und hätte fast das Gleichgewicht verloren, fing sich jedoch wieder und gelangte genau in dem Moment zu dem Auto von Klaras Vater, als dieser einsteigen wollte.

»Gucken Sie sich das mal an«, rief er atemlos und hielt den nassen Papierfetzen hoch.

Klaras Vater kniff die Augen im Regen zusammen. Patrik hielt seinen Schirm über sie beide. Der andere nahm das Los, faltete es auseinander und sah die Nummer. Der Regen trommelte aufs Autodach.

»Sehen Sie den kleinen Punkt hinter der Sechs?«, fragte Patrik.

Klaras Vater gab Patrik das Los zurück. Durch die offene Fahrertür konnte Patrik erkennen, dass Klara ordentlich angeschnallt auf einer Sitzerhöhung saß. Sie hatte den Korb auf dem Schoß und baumelte mit den Beinen. Ihr Vater sah Patrik an.

»Wenn Sie ihn ihr wegnehmen wollen, dann bitte.«

Patrik starrte ihn an. Er stand eine Weile schweigend da, während der Regen immer stärker wurde.

»Also nicht?«, fragte Klaras Vater und hob eine Augenbraue.

»Ich meine nur …«, begann Patrik und brach ab. Er drehte sich um und sah zu dem Buggy hinüber, wo Linn schutzlos in ihrem nassen Kleid saß und weinte.

»Na denn«, sagte Klaras Vater und sprang ins Auto. Er setzte zurück und Patrik rannte zu Linn zurück.

Während er zu seiner Tochter zurückläuft, wird Patrik Ohlsson von dem Auto von Klara und ihrem Vater überholt. Obwohl er sie nicht hören kann, sieht er, wie Klaras Mund die Worte formt: »Wir haben gewonnen.«

Sechs Begegnungen mit Coletho

Als ich Coletho endlich begegnete, war er Pirat. Ich war Dracula. Wir waren auf einem Fest in Gamla Stan. Das ist jetzt lange her, aber ich glaube, es war an Halloween. Alle waren verkleidet. Ich trug einen Umhang, große künstliche Zähne und hatte Blut am Kinn. Er hatte zerrissene Jeansshorts und ein gestreiftes T-Shirt an und war mit einem Säbel bewaffnet. Um den Kopf trug er ein großes Taschentuch. Darunter ragte ein krauser Haarschopf hervor. Die Augen waren weit aufgerissen. Lange danach sollte ich begreifen, dass er eine eigene Art hatte, sich auszudrücken und dass nicht alles, was er sagte, auch als Frage gemeint war.

»Halte ein, du Mann der Dunkelheit«, rief er. »Trete zurück oder du wirst über die Planke gehen, oder.«

Ich hatte die Tür zu einem kleinen Raum geöffnet, wo es einem Gerücht zufolge den Alkohol geben sollte. Coletho stand da und soff direkt aus einer Flasche, doch als er mich erblickte, ließ er sie sinken und zog seinen Säbel. Er war allein, spielte diese Szene allerdings mit vollkommener Hingabe, als hätten wir ein Publikum. Das verunsicherte mich ein wenig. Sollte ich jetzt den Dracula geben? Schließlich befanden sich nur er und ich in dem Raum, und wir kannten uns nicht.

»Gibt's hier irgendwo Alkohol?«, fragte ich.

»Der Spriiiiiiit ist Eigentum der Flotte!«, kreischte er. »Des Schiffes grooooßer Schatz. Den Spriiiiiit erlangst du nur über meine Leiche.«

Er kam meinem Gesicht sehr nahe. Starrte mir direkt in die Augen und neigte den Kopf langsam zur Seite.

Ich wusste, wer er war. Ich hatte ihn auf verschiedenen Spoken-Word-Festivals gesehen und fand, dass er ziemlich gut war. Er war definitiv nicht mein Idol, aber ich mochte, was er machte, und respektierte ihn. Auf der Bühne lebte er sich immer ziemlich aus. Stand auf dem Kopf, lag der Länge nach auf dem Boden mit dem Mikrofon so dicht am Mund, dass alle hören konnten, wie er die Vokale dehnte, saß in der Hocke mit den Haaren vor dem Gesicht und redete, bevor er sich erhob, die Haare zurückwarf und das Mikrofonkabel um sich schlang. Er war ein echter Mädchenschwarm und hatte sogar literarisch einen gewissen Durchbruch gehabt.

Ich hatte sein Debüt im Bücherregal, und das meiste davon gefiel mir. Auch wenn man sagen konnte, dass wir Konkurrenten waren, fühlte ich mich von Coletho nie bedroht. Wir waren verschieden. Ich würde mich zum Beispiel niemals auf eine Bühne stellen. Außerdem hatte ich noch nichts publiziert, weshalb die Frage nach der Konkurrenz rein hypothetisch war. Coletho war auf dem Titelblatt der Kulturbeilage des *Svenska Dagbladet,* und sein zweites Buch war soeben erschienen. Mein Freund Mats sagte, es sei phänomenal.

Mats kannte Coletho, und deshalb wusste ich, dass wir uns früher oder später begegnen würden. Vielleicht hatte ich mir schon etwas ausgedacht, was ich als Erstes zu ihm sagen würde, oder mir vorgestellt, wie ich an dem Tag, an dem es passierte, drauf sein würde. Doch als wir da im Halbdunkel standen, in einer kleinen Rumpelkammer im Kellergewölbe von Gamla Stan, und er sein Gesicht mit dem eindringlichen Blick gegen meins drückte, kriegte ich keinen Ton heraus.

»Der Spriiiiiit kostet Bluuuuut, klar so weit?«, zischte er wieder und schob den Säbel direkt unter mein Kinn.

Ich versuchte verzweifelt, auf irgendeine witzige Antwort zu kommen und bei seinem Rollenspiel mitzumachen, aber ich war vollständig blockiert.

»Bluuuuuuut«, zischte er erneut und sah mich an.

Wäre ich ein wenig spiritueller oder vielleicht etwas entspannter gewesen, eventuell auch ein bisschen mehr betrunken, hätte ich vielleicht die peinliche Stille vermeiden können, die nun entstand. Doch es tauchten einfach keine witzigen Sätze in meinem Kopf auf. Wir standen Auge in Auge da, und mir fiel beim besten Willen nichts ein, das ich auf seine Einladung zu einer erheiternden Konversation hätte erwidern können. Ich sah, wie sein Blick langsam erlosch, wie er langsam die Lust verlor und bald darauf verschwinden würde, als ich, nur um überhaupt etwas zu antworten, sagte:

»Mein Name ist Graf Dracula. Wenn ich ein wenig an Ihnen saugen dürfte, dann könnte ich mich mit Blut versorgen.«

Es war, als hätte jemand den Vorhang zugezogen, die Musik ausgeschaltet und die Deckenbeleuchtung angemacht. Coletho richtete sich auf. Er sah mich mit halb geschlossenen Augenlidern an, so wie man ihn kannte, cool, ein wenig blasiert. Er sah mich an, als wäre ich ein Revisor oder ein Bankangestellter. Senkte den Säbel, schob ihn zurück unter den Gürtel und meinte, ehe er den Raum verließ, lapidar:

»Steht da hinten in der Ecke, oder.«

Die Tür fiel hinter ihm zu, und ich blieb allein in dieser dunklen Kammer zurück. Eine Weile stand ich völlig unbeweglich da und erwog, nach Hause zu gehen. In der Ecke standen tatsächlich alle möglichen Sorten Alkohol und Soft Drinks. Ich goss mir Alkohol in einen großen Plastikbecher, der schmutzig aussah.

Als ich ihm das nächste Mal begegnete, stand er in der Schlange vor dem Jazzclub Fasching. Es war ein eiskalter Februarabend. Sicher zwanzig Grad minus. Ich war mit Mats und Marika unterwegs, weil sie gehört hatten, dass dort ein afrikanischer Schlagzeuger spielen würde, der den Gerüchten zufolge wirklich super sein sollte. Wir waren heimlich von einem Fest in der Kungsgatan abgehauen, und keiner von uns hatte einen Mantel oder so etwas an. Als wir die Schlange sahen, wollten wir erst umdrehen, aber dann entdeckte Mats Coletho und ging zu ihm. Marika und ich folgten ihm zitternd.

»Wollt ihr rein?«, fragte Coletho.

»Weiß nicht«, meinte Mats. »So eine lange Schlange.«

»Er ist der Hammer«, sagte Coletho. »Echt abgefahren. Doch wohl klar, dass ihr euch den anguckt, oder?«

Wir beschlossen, dazubleiben, und ich fragte mich, ob er mich wohl von dem Fest in Gamla Stan vor einem halben Jahr wiedererkannte. Er sagte nichts. Ich auch nicht. Ich bin nicht einmal sicher, ob er mich sah. Er trug eine bunte Strickmütze und einen großen wollenen Mantel, den er auszog und Marika um die Schultern legte, als er sah, dass sie fror. Er umarmte sie, sodass sie fast das Gleichgewicht verlor. Sie lachte, und er fragte, ob sie auch die Mütze haben wolle, aber sie meinte, die könne er behalten. Ich versuchte ein wenig mit den Füßen zu stampfen, damit mir nicht kalt wurde.

Als wir an der Reihe waren, sagte der Wachmann, dass es voll sei und er leider niemanden mehr reinlassen könne.

»Ich glaub's nicht!«, rief Coletho. Der Wachmann schaute ihn an und musste ihn erkannt haben, denn plötzlich winkte er uns zu sich und fragte, wie viele wir seien.

»Wir sind drei«, sagte Coletho. »Drei werden Sie ja wohl noch reinkriegen, oder?«

Ich machte sofort einen Schritt rückwärts, um, falls erforderlich, so zu tun, als würde ich nicht zu der Gruppe gehören. Ich spürte, wie mir die Kälte durch Mark und Bein ging, und es war schwer, nicht zu zittern, obwohl ich die Hände unter die Achselhöhlen klemmte und so fest zudrückte, dass mein ganzes Ich zu einem Paket wurde. Ein Paket im Niemandsland zwischen der Gruppe, die vielleicht vorgelassen werden würde, und dem Rest der Schlange, die dastand und zuschaute. Ich wagte nicht, mich umzudrehen und wegzugehen und den Blicken der anderen zu begegnen. Ich blieb da, wo ich war. Gab mich der Kälte hin. Als ob es keine Rolle spielen würde, wo genau in diesem System ich mich befand. Als ob ich überhaupt nicht nachdenken würde.

Der Wachmann oben an der Treppe drehte den Kopf und spähte in das Lokal hinein, als ob er per Augenschein entscheiden könnte, wie viele noch reinpassten. Dann winkte er wieder mit der Hand.

»Okay, ihr drei«, sagte er und schob sie durch die kleine enge Öffnung. Ich trat noch ein paar Schritte zurück.

»Warte, Sebastian auch«, sagte Mats und sah zu mir.

Ich schaute auf und zog eine Augenbraue hoch, als hätte ich gerade über etwas anderes nachgedacht. Coletho und Marika drehten sich im Eingang um und sahen mich an.

»Gehört er auch zu euch?«, fragte der Wachmann.

»Okay«, sagte Coletho.

Der Wachmann seufzte und schubste mich ebenfalls hinein.

Drinnen war es eng und warm. Die Wärme war wie eine dicke Decke, in die man sich einwickeln konnte. Alle waren sofort fröhlich und entspannt. Coletho nahm Marikas Hand und drängte sich durch die Menschenmenge, während Mats und ich ihnen dicht auf den Fersen blieben. Wir kamen fast bis zum Bühnenrand und stellten uns zu einer Gruppe direkt vor einen der Lautsprecher.

»Das hier ist Sebastian«, sagte Mats zu Coletho. »Er schreibt auch.«

»Cool«, antwortete Coletho.

»Hast du ihn schon mal gesehen?«, fragte Marika.

»Nein«, sagte Coletho hastig und sah mich an. »Aber ich sehe ihn jetzt.«

Marika lachte.

»Ich meine, den Schlagzeuger.«

»Haddad?«

»Heißt er so?«

»Sicher. Ich habe ihn in Marrakesch gesehen. Der kommt immer voll in Trance, oder. Trance. Verstehst du?«

Coletho wackelte mit dem Kopf hin und her und schüttelte seinen Körper. Marika lachte. Ein wenig zu häufig, wie ich fand. Haddad betrat die Bühne, und ein ohrenbetäubender Jubel brach los. Sobald er loslegte, fing Coletho an, hemmungslos zu tanzen, und hörte nicht auf, bevor das Konzert vorbei war. Ich stand da und wippte ungefähr so hin und her wie der Rest des Publikums, allerdings mit der einen Hand vorsichtig am Kopf, um den hohen Diskant aus dem Lautsprecher etwas zu dämpfen.

Als ich ihm zum dritten Mal begegnete, befand sich Coletho in einer Buchhandlung auf Södermalm und fuhr mit dem Finger über die Titel im Regal. Ich erkannte seine bunte Mütze und die krumme Körperhaltung wieder. Wie ein S. Er war nur ein paar Meter von mir entfernt. Lange blickte ich verstohlen auf seinen Rücken. Ein grüner Parka mit so einem englischen Flugzeuglogo, das die Mode verlangte, fast wie ein Einschussloch auf dem Rücken. Er trug große Stiefel, obwohl wir Frühling hatten und es schon sehr warm geworden war. Seine dünnen Beine wirkten in den riesigen Schuhen noch schmaler.

Nach einer Weile rief er nach jemandem vom Personal. Eine junge Frau kam auf ihn zu. Er rieb sich gewichtig den Stoppelbart.

»Diese Deutsche«, sagte Coletho so laut, dass jeder im Laden es hören konnte, »wie heißt die noch? Die mit den Kurzgeschichten?«

»Ja«, entgegnete die Buchhändlerin etwas zögernd, »ich weiß nicht recht.«

»Na ja, oder?«

»Ist sie schon älter oder eine Debütantin?«

»Du weißt doch, wer es ist, oder? Wie heißt sie?«

Coletho stupste die junge Buchhändlerin mit einem Finger in die Seite. Sie lächelte und sah ein wenig peinlich berührt aus. Ich drehte mich etwas zur Seite, und die Buchhändlerin sah mich an, als würde sie meinen, Coletho und ich gehörten zusammen.

»Tut mir leid«, sagte sie, so freundlich sie konnte. »Kennen Sie ein Buch, das sie geschrieben hat?«

»Ja, verdammt, es ist doch wohl klar, dass Sie wissen, wen ich meine, oder?«

Die Buchhändlerin lächelte nach wie vor und sah noch bekümmerter aus.

»Ich kann im Katalog nachschlagen, wenn Sie wollen«, meinte sie.

»Die mit dem Gespenst und dem Sommerhaus, oder wie das auch immer heißt.«

»Judith Hermann«, sagte ich.

Coletho drehte sich um und sah mich an.

»Heißt sie so?«, fragte er.

»Wenn du die meinst«, sagte ich. »›Sommerhaus, später‹ und ›Nichts als Gespenster‹?«

»Genau«, erwiderte Coletho.

»Dann ist es Judith Hermann«, sagte ich. »Hallo, übrigens.«

Coletho sah mich verständnislos und mit auf null gestelltem Blick unter diesen hängenden Augenlidern an.

»Hallo, hallo du«, sagte er dann.

»Ich werde mal sehen, ob wir Judith Hermann dahaben«, meinte die Buchhändlerin und verschwand schnell in Richtung Kasse. Coletho und ich standen schweigend da. Nach einer Weile schaute er sich nach anderen Büchern um, was ich ebenfalls tat.

Dann hörte ich, wie die Buchhändlerin zu ihm kam und ihn mit ihrer sanften Verkäuferstimme ansprach.

»Leider haben wir momentan nichts von Judith Hermann da, aber wir können etwas bestellen, wenn Sie möchten.«

»Nein, ist schon okay«, antwortete Coletho und ging zum Ausgang. Ich schaute kurz hoch, um festzustellen, ob wir irgendeine Art von Verabschiedung austauschen würden, aber er ging einfach, ohne sich umzusehen. Eilig wandte ich mich um. Die Buchhändlerin kam zu mir und fragte, ob ich Hilfe bräuchte. Ich sagte, ich würde mich nur umschauen. Und erst da bemerkte ich, dass

Meine Züge hellten sich in dem Versuch auf, so auszusehen, als ob ich ihn erst jetzt bemerkt hätte. Die U-Bahn neigte sich zur Seite, und ich stieß meinen Ellenbogen versehentlich in seinen unteren Rücken.

»Was machst du?«, fragte er. Ich wollte gerade um Entschuldigung bitten, als ich das Headset sah und begriff, dass er telefonierte. Ich dachte noch, dass ich glücklicherweise nicht von der schnellen Sorte war, und sah mich um, ob vielleicht jemand bemerkt hatte, wie nahe ich daran gewesen war, mich zu blamieren.

»Ne, ich weiß schon«, fuhr Coletho fort. »Ich bin etwas spät dran. Hm, aber hör mal, wir sehen uns um halb eins im Gondolen, oder? Okay?«

Die U-Bahn fuhr über die Brücke auf Slussen zu, und ich sah, dass die Uhr oben am Gondolen 12.22 anzeigte. Coletho sagte, er würde sich beeilen, und beendet das Gespräch. Ich dachte, dass er es kaum schaffen würde, die Verabredung um halb eins einzuhalten.

In Slussen stiegen die meisten aus, und es war nun mehr Platz im Wagen. Ich suchte nach einem freien Sitz und setzte mich etwas weiter hinten hin. Mir gegenüber saß eine Frau mit ihrer Tochter, die mit den Beinen baumelte, sodass sie ein paarmal gegen meine trat. Die Mutter sagte etwas zu ihr in einer fremden Sprache. Ich versuchte zu lächeln, um zu signalisieren, dass es nichts machte, allerdings war ich mir nicht sicher, ob sie das Lächeln nicht dahingehend interpretierte, dass ich mit ihrer Zurechtweisung einverstanden war. Das Mädchen hörte auf, mit den Beinen zu baumeln.

In Skanstull stiegen sie aus. Ich lächelte immer noch und bemerkte, wie es im Wagen ruhiger wurde. Es gab immer mehr freie Plätze.

Kurz vor Gullmarsplan stand ich auf und ging zur Tür. Dort stand Coletho. Er sah mich kurz an und sagte dann:

»Ach du bist das, oder?«

»Ja, hallo«, antwortete ich.

»Bist du unterwegs und saugst Blut?«, fragte er lächelnd.

»Nur abends und nachts«, erwiderte ich.

Wir standen eine Weile da und lächelten uns an, während der Zug langsamer wurde. Ich fand es komisch, dass er nicht in Slussen ausgestiegen war, wenn er doch ins Gondolen wollte.

»Ich muss hier aussteigen«, sagte ich.

»Ich auch«, entgegnete er.

Die Türen gingen auf, und ich trat auf den Bahnsteig und ging in Richtung Treppe. Coletho holte mich ein und blieb ganz dicht an meiner Seite. So gingen wir nebeneinander her. Keiner von uns sagte etwas, aber ich hatte das Gefühl, als würde er lächeln, als würde er das auf irgendeine Weise lustig finden. Als wir in die Schalterhalle gekommen waren, bog ich nach rechts ab. Ich wandte mich ein Stück zu ihm um, um mich zu verabschieden. Er drehte sich blitzschnell in meine Richtung.

»Also, dann«, sagte ich.

»Ja«, meinte er und bog nach mir auch nach rechts ab.

Wir kamen auf die Straße und gingen zum Fußgängerüberweg. Jetzt sah er mich fast die ganze Zeit an. Seine Gegenwart machte mich so befangen, dass ich, nur um ihn loszuwerden, beschloss, an der nächsten Ecke nach links zu gehen, obwohl ich eigentlich nach rechts musste. Ich dachte mir, ich könnte ein Stück weiterlaufen, dann umdrehen und allein wieder zurückgehen. Es stellte sich heraus, dass er ebenfalls nach links abbog. Der einzige Weg in dieser Richtung war eine Fußgängerbrücke über die Autobahn. Schweigend marschierten wir nebeneinander weiter. Ich beschleunigte ein wenig, aber Coletho hielt Schritt. Als wir über die Autobahn gekommen waren, traf ich eine weitere dumme Entscheidung und bog auf den kleinen Weg ein, der in den Årstawald führte. Ich wollte mich gerade verabschieden, als ich merkte, dass auch er diesen Weg wählte.

»Also, dann«, sagte ich.

»Ja?«, lachte er, und sah mich an, als würde er erwarten, dass ich etwas erwiderte.

Wir gingen schweigend weiter auf dem weichen Waldweg, und ich grübelte verzweifelt über ein mögliches Ziel nach. Was sollte ich bloß sagen, wenn er mich fragte, wohin ich wollte? Das Bootshaus? Ach was, er wusste sehr wohl, dass ich kein Boot hatte. Und wo wäre dann das Boot, falls er mitginge und es sehen wollte? Sollte ich sagen, dass ich auf dem Weg zu einem Freund war, der auf der anderen Seite des Waldes wohnte? Und warum nahm ich dann diesen Weg? Wollte ich vielleicht nur einen Spaziergang machen? Ich war immer mehr davon überzeugt, dass er mir nur folgte, um zu sehen, wohin ich wollte. Andauernd sah er mich mit dieser belustigten Miene an. Warum tat er das? Ich schielte aus dem Augenwinkel zu ihm hinüber und dachte, dass es von hier aus wirklich weit bis zum Gondolen war.

Der ein oder andere Jogger kam keuchend an uns vorbei, ansonsten war es ziemlich still. Nur der Wind in den Kiefern und das leichte Rascheln auf dem Waldweg. Coletho bewegte sich vollkommen ruhig fort, als hätte er alle Zeit der Welt. Genauso wenig hatte ich den Eindruck, dass er etwas sagen wollte. Ich ging etwas schneller, und er war jetzt schräg hinter mir. Ab und zu tauchte er an meiner Seite auf, deshalb beschleunigte ich erneut meine Schritte. Ich versuchte so zu tun, als wäre er nicht da, spürte aber im Nacken, wie sein Lächeln immer breiter wurde.

Ein Stück weiter vorne entdeckte ich meine Chance. Ein kleiner, kaum erkennbarer Pfad führte den Hügel hinauf und in den Wald hinein. Ich beschloss zu sagen, dass ich diese Abkürzung nehmen würde. Dass ich das jedes Mal täte. Dass es der kürzeste Weg sei, falls er fragte.

»Ich nehme hier die Abkürzung«, sagte ich, als wir an dem kleinen Pfad ankamen. Auch Coletho blieb stehen. Ich streckte ihm die Hand hin, um deutlich zu machen, dass wir uns hier jetzt wirklich trennten. Er betrachtete mich mit einem Schmunzeln.

»Das hatte ich auch vor«, meinte er.

Für einen Augenblick standen wir still da und sahen uns an. Wir waren völlig allein, und es war, als wäre die Luft auch regungslos. Ich hatte das Gefühl, etwas schneller zu atmen als er, was mich ärgerte. Wer von uns würde wohl als Erster mit diesem komischen Spiel aufhören? Also drehte ich mich um und ging schnell auf dem kleinen Pfad in den Wald hinein. Coletho folgte. Ein Stück den Hügel hinauf lag eine Schrebergartenkolonie mit kleinen Hütten. Sie waren von Zäunen mit Gartentörchen umgeben, und demonstrativ entschlossen setzte ich meinen Weg am Zaun entlang fort.

Da hörte ich Coletho hinter mir mit etwas klimpern. Ich drehte mich um und sah, wie er eines der Gartentore aufschloss. Er betrat den kleinen Schrebergarten und fegte Tannennadeln und Laub von der Treppe zu einer kleinen Hütte. Eine Poetenlaube, dachte ich. Fast peinlich künstlerisch. Fehlte nur noch die Baskenmütze.

Er stand vor der Tür zu der kleinen Hütte und rief:

»Du willst nicht mit rein, oder?«

Ich antwortete nicht, sondern ging weiter am Zaun entlang, bis er zu Ende war. Dann lief ich direkt in den dichten Wald hinein und hatte keine Ahnung, wo ich mich befand.

Im Gondolen, sagten sie, dass keiner auf seinen Namen für halb eins einen Tisch bestellt habe. Aber es sei ein Typ da gewesen, der eine Weile an der Bar gesessen und gewartet habe. Ungefähr eine halbe Stunde, vierzig Minuten. Seine Begleitung sei nicht gekommen, und am Ende sei er gegangen, ohne etwas zu essen.

Coletho die siebte

Coletho befand sich ungefähr für zwanzig Minuten in meiner Wohnung, vielleicht auch nur eine Viertelstunde. Es klopfte an der Tür, und ich ging davon aus, dass es Mats war. Mats und ich hatten vorher an jenem Tag miteinander telefoniert, und er hatte gesagt, dass er später bei mir vorbeikommen würde.

»Kauf auf dem Weg was ein«, meinte ich.

»Was denn?«, fragte er.

»Irgendwas, Zigaretten«, entgegnete ich.

Ich fand, dass es ganz genauso wie das Klopfen von Mats klang. Ruhig, vertraut. Zu spät wurde mir klar, wer wirklich draußen vor der Tür stand. Verschwitzt, als ob er gerannt wäre.

»Weißt du, wer ich bin?«, fragte er.

»Ja«, erwiderte ich.

»Und, wer bin ich?«, fragte er.

»Du bist Coletho«, sagte ich.

Er antwortete nicht, sondern drängte sich an mir vorbei in die Wohnung. Sah sich um. Ich folgte ihm, nahm eine zerdrückte Zigarette aus der Brusttasche und steckte sie mir in den Mund. Ich wühlte in den Taschen nach Streichhölzern, fand aber keine. Auf dem einen Lautsprecher entdeckte ich neben dem Aschenbecher, in dem Wasser stand, das lilafarbene Feuerzeug. Ich bewegte mich darauf zu und zündete die Zigarette an. Sie schmeckte gut, ging jedoch immer wieder aus. Unter dem Aschenbecher lag die Hülle mit einer CD mit der Aufnahme von Jonathan Richman in Kopenhagen. Ich schob sie ein wenig heraus, damit Coletho sie sehen konnte.

Er stand am Fenster mit dem Rücken zu mir. Lange stand er so da, ohne etwas zu sagen. In der Zeit rauchte ich die Zigarette auf und drückte sie im Aschenbecher auf dem Lautsprecher aus.

»Schreibst du was?«, fragte er.

»Kommt schon vor«, erwiderte ich.

»Und was machst du gerade?«

Er stand immer noch mit dem Rücken zu mir, aber die Stimme hatte einen anderen Klang angenommen. Ich hätte gern seinen Blick gesehen. Was sah er denn da draußen vor dem Fenster? Was hatte er für einen Gesichtsausdruck? Schaute er überhaupt irgendetwas an, oder hatte er die Augen geschlossen? Ich hatte den Eindruck, als würde er die Zähne zusammenbeißen. Er nahm die eine Hand hoch und trommelte verhalten auf den Fensterrahmen.

»Du meinst, jetzt gerade?«, fragte ich und zog die Jonathan-Richman-CD noch ein wenig weiter heraus.

Er drehte sich langsam um und sah mir direkt in die Augen. Er war ruhig und klar.

»Nein, ich meine, was du jetzt gerade machst?«

Ich fingerte in der Brusttasche nach einer neuen Zigarette, aber die ich geraucht hatte, war die letzte gewesen. Mats sollte mal allmählich mit Nachschub aufkreuzen. Warum kam er denn nicht?

Coletho begann sich langsam in meine Richtung zu bewegen. Er blieb mitten im Raum stehen, drehte sich zum Bücherregal um und zog ein Buch heraus. Blätterte ein wenig darin. Ich verlagerte mein Gewicht auf das andere Bein, verschränkte die Arme vor der Brust und versuchte, so entspannt wie möglich zu wirken.

»Wolltest du was Bestimmtes?«

Er klappte das Buch zu und stellte es zurück ins Bücherregal. Langsam schlenderte er durchs Zimmer zurück zum Fenster. Ich hoffte, dass er meine beiden Judith-Hermann-Ausgaben im Original, auf Deutsch, gesehen hatte. Doch nichts an ihm verriet dergleichen.

»Ich wusste nicht, dass ich einen Sekretär habe«, sagte er. »Bist du mein Sekretär?«

Ich setzte mich auf den anderen Lautsprecher. Es war nicht bequem, aber ich merkte, dass ich gern sitzen wollte.

»Bist du mein Sekretär?«, fragte er wieder.

»Nein«, erwiderte ich.

»Und warum kümmerst du dich dann um meine Termine?«

Jetzt stand er an den Fensterrahmen gelehnt und mir zugewandt da. Er sah mich an, aber ich erwiderte seinen Blick nicht. Ich schaute auf den unteren Saum seiner grünen Armeejacke. Sie war an der Stelle zerschlissen, ausgefranst.

»Warum mischst du dich in Sachen ein, die dich nichts angehen?«, fragte er und versuchte, meinen Blick aufzufangen. Aber ich starrte weiter auf seine Jacke.

»Wieso telefonierst du in der Gegend herum und fragst die Leute über Sachen aus, die dich nichts angehen?«, fragte er. »Woher willst du wissen, dass ich zu einer bestimmten Zeit an einem bestimmten Ort sein muss, nur weil du mich am Telefon darüber hast reden hören, oder?«

Während er redete, wippten die Fransen an der Jacke ein wenig hin und her, was sie fast lebendig aussehen ließ. War das vielleicht schön? Wurde eine Jacke dadurch zu einem Lieblingsstück? Gewöhnte man sich deshalb an gewisse Jacken und Pullover, weil sie sich auf eine Weise verhielten, die der Körper mochte und die ihm vertraut wurden?

»Woher solltest du denn wissen, mit wem ich geredet habe?«, fuhr er fort. »Oder?«

Coletho trug diese Jacke oft. Ich musste daran denken, dass ich ihn einmal im Fernsehen in einem Kulturprogramm gesehen hatte. Er saß in ebendieser Jacke auf einer Steintreppe und nippte an einem Latte. (So wie die Jacke, die Hunter S. Thompson auf diesem Bild im Central Park in New York trug.) Dieselbe schlechte Körperhaltung, damals wie heute.

Er beugte sich herab, schob den Kopf vor und sah mich an.

»Woher solltest du wissen, dass ich nicht von einem anderen Tag gesprochen habe?«, fragte er.

Alles an Coletho war homogen. Konzentriert, irgendwie klar. Er war eine klar erkennbare Person. Er vermittelte einen gewissen

Eindruck und erfüllte alle Erwartungen. Ich konnte nicht umhin, das ein wenig langweilig zu finden. Vielleicht sollte er das bedenken, zumal er seine Person sozusagen in seine Autorschaft integriert, sich selbst zu einem Kunsterlebnis gemacht hatte. Ich wusste nicht, ob ich wagen würde, ihn darauf anzusprechen, nicht jetzt.

»Was gibt dir das Recht, dich in die Angelegenheiten anderer Leute einzumischen?«, fuhr Coletho fort. »Es hätte doch ein anderer Tag sein können, oder etwa nicht? Du wusstest ja nicht einmal, mit wem ich gesprochen habe. Du hast schließlich nur gehört, was *ich* gesagt habe.«

»Hm, aber ich habe es nachgeprüft«, sagte ich.

»Ich weiß, dass du es nachgeprüft hast!«, schrie Coletho. »Warum hast du das getan?«

Jetzt kam er näher auf mich zu, und ich verspürte wieder das Bedürfnis zu rauchen. Dann richtete er sich auf, ging zu meinem Schreibtisch und fuhr mit der Hand über meine Unterlagen. Er sah zur Decke und schnüffelte, als würde er etwas riechen. Ich versuchte, ruhig sitzen zu bleiben, als ob ich geraucht hätte. Versuchte, ihm nicht ständig mit dem Blick zu folgen, aber es war schwer, sich auf andere Punkte zu konzentrieren.

»Halte dich von mir fern, oder«, sagte Coletho und ging zur Wohnungstür. Als er schon draußen war, blieb er stehen und rief mir zu:

»Dass du es nur weißt, Mats will auch nichts mehr mit dir zu tun haben. Er findet dich unangenehm. Findet, dass du ein kleiner Polizist bist.«

Die Tür schlug zu. Ich ging in den Flur und schloss ab. Dann ging ich zurück, um nachzusehen, ob er etwas auf dem Schreibtisch angerührt hatte, aber alles lag wie immer dort. In der Küche schaltete ich das Radio ein. Es lief Tendenz, ein Programm zum Thema »Die Farbe Rot«. Mats kam an diesem Abend nicht mehr, und gegen neun Uhr abends zog ich selbst los und kaufte mir Zigaretten.

Trotzdem war ich am nächsten Tag um halb eins im Gondolen, um mich mit Mats zu treffen. Schließlich waren wir verabredet. Und ich wusste, dass ich recht hatte.

Pär Hansson

Mein erster Auftrag war eine Vorstellung über Hamsun in einer Scheune in Hallsberg. Zwei Stunden Warten in der Kälte, auf dass etwas geschehen möge. Die Schauspielertruppe bestand aus Profis und Amateuren aus der Gegend. Sie gaben ihr Bestes, doch nichts auf der Bühne konnte meine Gedanken von der harten Bank, auf der ich saß, oder von der Kälte im Veranstaltungsraum ablenken.

Ich fuhr nach Hause und versuchte etwas über den Enthusiasmus des Ensembles zu schreiben. Entwarf malerische Beschreibungen der Scheune und der Umgebung. Als ich die fertige Rezension noch einmal las, erkannte ich, dass sie in der Hauptsache von der Natur handelte.

Im Jugendhaus von Mälardalen sah ich eine Inszenierung zum Thema Rassismus und Mobbing mit eigens von den Schülern des Musikgymnasiums geschriebenen Liedern.

Am Ende trat ein Mädchen auf, das schön sang, und ich möchte daran erinnern, dass ich sie als zukünftiges vielversprechendes Talent erwähnte.

Das nächste Stück war ein Königsspiel außerhalb von Strängnäs. Das Publikum wurde zu verschiedenen Spielstätten durch den Wald gekarrt. Die Geschichte war fragmentarisch und unzusammenhängend. Es war sehr schwer zu verstehen, was die Leute sagten. Auf einer Lichtung im Wald, auf der es zur Auflösung kommen sollte, waren so viele Mücken, dass mich einen Moment lang Panik ergriff und ich die Flucht ergreifen wollte.

Ich hielt durch und fuhr dann verärgert davon. Nicht nur die schlampige Schauspielerei und die nicht existente Geschichte hatten mich gestört, sondern auch der unmögliche Spielort.

»Wie können die Leute nur immer wieder unschuldige kulturinteressierte Mitbürger in den Wald locken, damit sie dort zerstochen werden und sich zu Tode langweilen?«, das schrieb ich nicht.

Die Rezension beschränkte sich auf eine zurückhaltende Beschreibung des Inhalts sowie einen humoristischen Kommentar, die Mücken betreffend.

Ich hatte in dieser Zeit gerade Jenny kennengelernt, für die ich mich sehr interessierte. Wir begannen eine Beziehung und versuchten so viel Zeit wie möglich miteinander zu verbringen. Wir saßen bis spät in die Nacht in ihrer winzig kleinen Einzimmerwohnung, die sie mit einer Kommilitonin teilte. Wir rauchten, tranken Wein und redeten über Kunst. Manchmal kam sie mit zu mir nach Hause, aber da ich zu der Zeit noch bei meinen Eltern wohnte, war das nie wirklich entspannend. Einmal waren wir bei meinem Bruder zum Abendessen, und wir schafften es, noch ehe der Abend zu Ende war, in einen riesigen Streit mit ihm zu geraten.

Jennys Familie besaß ein Sommerhaus in der Nähe von Arboga, und sie hatte beschlossen, für ein paar Wochen dorthin zu fahren, um in Ruhe arbeiten zu können. Schon bald entstand die geniale Idee, den Bericht über ein Stück von einem Bauerntheater in der Gegend mit einem Besuch in ihrem Sommerhaus zu verbinden.

An dem Tag, an dem das Stück des Bauerntheaters Premiere hatte, fuhr ich früh morgens zum Sommerhaus ihrer Eltern, und zum ersten Mal kam das Gefühl auf, dass wir wirklich für uns waren.

Am Abend nahm ich den Regionalbus nach Arboga, suchte die Scheune, in der die Vorstellung stattfinden sollte, und in der Pause rief ich sie von meinem Handy aus an.

»Was machst du?«

»Auf dich warten. Wie ist das Stück?«

»Ach, kalte, harte Bänke.«

»Und das Stück?«

»Frag nicht.«

»Wie lange noch?«

»Bestimmt eine Stunde, vielleicht auch länger.«

»Der Sonnenuntergang hier ist gerade sehr schön.«

Und so beschloss ich, in der Pause zu gehen.

Meine Rezension schrieb ich trotzdem. Schusterte irgendetwas über die einzigartige Atmosphäre zusammen, die durch die Zusammenarbeit zwischen Profis und Amateuren entstehen kann. Mithilfe des Programmheftes, das mir in die Redaktion geschickt worden war, beschrieb ich kurz die Handlung, wobei ich auf jede persönliche Kritik verzichtete und die Inszenierung mit dem herablassenden Wohlwollen bedachte, das in diesem Fall angebracht war. Die Rezension wurde veröffentlicht, und meine Arbeit war für diesen Sommer abgeschlossen.

Die Beziehung zu Jenny wurde intensiver, und es ergab sich, dass ich in dem Sommerhaus blieb. Sie saß ein paar Stunden am Tag vor ihren Büchern, während ich in der Zeit Romane las oder Radio hörte. Einmal fuhr ich in die Stadt zurück und holte bei meinen Eltern saubere Klamotten. Meine Mutter gab mir einen großen geräucherten Lammschinken mit, den ich den ganzen Weg zurück mitschleppen musste. Sie sagte, mein Bruder habe nach mir gefragt und wolle wissen, wann ich zurückkommen würde. Ich sagte, dass es uns da draußen gefiele und wir wohl noch eine Weile bleiben würden. Ich hatte nicht die geringste Lust, mich mit meinem Bruder zu versöhnen, nicht ausgerechnet jetzt.

Nach ein paar Wochen in dieser Hütte fingen wir beide an, uns nach äußerer Anregung zu sehnen, deshalb durchforsteten wir das Angebot von Arboga. In den Sommermonaten wurde nicht gerade viel geboten. Wir nahmen, was kam. Gingen ein paar Mal ins Kino, und als wir die zwei Filme, die dort gezeigt wurden, gesehen hatten, blieb uns nur noch das Freilichttheater. Wir beschlossen, ihm eine Chance zu geben. Ich hatte ja nur den ersten Akt gesehen, und ich meinte vielleicht, auf gewisse Weise meinen frühen Abgang vom letzten Mal wiedergutmachen zu können.

Wir bestellten Karten und gingen an einem Abend Ende August dorthin.

Alles war ziemlich mittelmäßig, um nicht zu sagen, schlecht, und ich überlegte, ob ich in meiner Rezension nicht ein wenig zu freundlich gewesen war, als direkt nach der Pause Hjalmar die Bühne betrat.

Die Vorstellung war eine recht einfache Form des Erzähltheaters, in der die Vertreter des Volkes ihr Schicksal in Reih und Glied vortrugen, wobei die ein oder andere gespielte Szene mit eingebaut wurde.

Hjalmar war Anwalt und vom Fabrikanten angestellt worden, die Arbeiter über ihre Pflichten aufzuklären. Zu Beginn des zweiten Aktes hatte er die undankbare Aufgabe, als Prügelknabe für den Zorn des Volkes herhalten zu müssen, doch nach und nach schälte sich ein vielfältiges und starkes Bild von einem Mann am Rande des Zusammenbruchs heraus.

Der Schauspieler hieß Pär Hansson, sonst am Stadttheater von Uppsala. Mit sehr geringen Mitteln stellte er Hjalmar für mich in all seiner Komplexität deutlicher dar, als ich je bei einem anderen Menschen empfunden hatte, nicht einmal im wirklichen Leben. Ich musste an meinen Bruder denken. Nicht, weil er Hjalmar ähnlich war, sondern weil etwas in seiner Art, der Umgebung, den Menschen um ihn herum, ja, der ganzen Welt zu begegnen, an die Lebenseinstellung meines Bruders erinnerte. Seine Art zu sein, und auch meine. Ich kann nicht behaupten, dass ich mit Hjalmars Ansichten sympathisierte. Überhaupt nicht. Ich war nicht einmal sicher, ob ich seine Ausführungen verstand, und ich weiß nicht, ob er selbst das tat, aber der Schauspieler und die Rolle waren eins.

Pär Hansson machte gar nichts Besonderes. Er sprach. Er

stand. Er dachte. Er war Hjalmar. Ich glaubte jede Sekunde an ihn, während ich gleichzeitig erkennen konnte, wie er die Rolle sozusagen vor sich hielt. Er verkörperte das Wunder des Theaters. Etwas, was ich nicht für möglich gehalten hatte.

Es war nicht so sehr, was er sagte, sondern wie er es tat. Das Zaudern, der kleine abgrundtiefe Augenblick, ehe er den Beschluss fasste, seinen Befehlen Folge zu leisten. Durch ihn erschienen sogar seine Mitspieler in einem anderen Licht. Es war, als würde sich die Konzentration um ihn herum steigern, sobald er die Bühne betrat. Ich begriff, dass dies ein Durchbruch war, ein Schauspieler, der in Zukunft von sich reden machen würde. Und ich konnte der Erste sein, der auf ihn aufmerksam wurde.

Als das Stück zu Ende war und wir aus der Scheune kamen, war ich von diesem einzigartigen schauspielerischen Einsatz so ergriffen, dass mir fast schwindelig war. Das Erlebnis hatte mich aus meinem normalen analytischen Zustand geworfen, und erst nachdem eine gute halbe Stunde verstrichen war, konnte ich das Ganze allmählich in Worte fassen. Und da fiel es mir mit einem Mal wieder ein.

Ich hatte das Stück bereits rezensiert.

Der Gedanke war absurd und gleichzeitig grauenhaft fatalistisch. Dieses eine Mal, als ich wirklich in meinem tiefsten Innern berührt worden war, hatte ich mich selbst der Möglichkeit beraubt, dies zu Papier zu bringen. War das die Strafe?

In den folgenden Wochen hörte ich mich bei Freunden und Bekannten um, ob einer von ihnen die Vorstellung gesehen und dasselbe erlebt hatte wie ich. Niemand hatte das Stück gesehen. Einer hatte mit dem Gedanken gespielt, ihn dann aber wieder verworfen, nachdem er meine »ungewöhnlich durchschaubare verächtliche Rezension« gelesen hatte.

Eine Weile erwog ich, mit dem Schauspieler Kontakt aufzunehmen. Ich war von der Sehnsucht gepackt, wiedergutzumachen, richtigzustellen. Ich dachte daran, ein größeres Porträt über ihn zu schreiben und die Redaktion zu überreden, es zu veröffentlichen, aber es lief immer wieder darauf hinaus, dass ich meine Glaubwürdigkeit als Journalist damit untergraben würde. Wenn ich ihn nun so brillant fand, warum hatte ich es dann nicht in jener Rezension erwähnt?

Ich fühlte mich wie der Schiedsrichter in einem Fußballspiel, der gerade eine Fehlentscheidung getroffen hat, seinen Fehler erkennt und versucht, in eine andere Richtung zu agieren – eine bekanntermaßen schicksalhafte Falle.

Ich habe es seither vermieden, Theaterrezensionen zu schreiben. Ein paar Jahre lang besuchte ich alle Vorstellungen, in denen Hansson mitspielte, in der Hoffnung, noch einmal eine vergleichbare Verwandlungskunst zu erleben und stattdessen darüber schreiben zu können. Allerdings wirkte er meist blass und war niemals auch nur annähernd so gut wie in der Scheune an jenem Augustabend. Er hatte eine Hauptrolle in einer entsetzlichen Fernsehserie, von der nur ein paar Staffeln liefen.

Ich suchte vergebens nach Reportagen oder Rezensionen der Vorstellungen, in denen er dabei gewesen war, doch er wurde nicht ein einziges Mal erwähnt.

Vor einem Jahr hörte ich, dass er mit dem Theater aufgehört und eine Ausbildung als Psychologe angefangen habe. Aus irgendeinem Grund fand ich das beruhigend.

Das Gespräch

»…«

»Hallo?«

»Ja?«

»Wer ist da?«

»Was?«

»Mit wem spreche ich?«

»Wer verdammt noch mal sind Sie denn?«

»Mein Name ist Arvid Falk.«

»Falk? Der Kritiker?«

»Ich hätte gern Pär Hansson gesprochen.«

»Ach so? Am Apparat.«

»Ah, hallo. Entschuldigen Sie die Störung …«

»Wissen Sie, wie spät es ist?«

»Wie bitte?«

»Es ist ja noch nicht einmal acht Uhr. Was habt ihr denn für Arbeitszeiten?«

»Wer wir?«

»Ihr Kritiker.«

»Nun ja, also, ich rufe nicht dienstlich an.«

»Und warum rufen Sie dann an?«

»Ich habe gestern mein Auto geparkt.«

»Gut gemacht.«

»Auf der Blekingegatan.«

»Good for you.«

»Ja. Und nun hat jemand davor sein Auto geparkt, und das scheint Ihres zu sein.«

»Und?«

»Es blockiert die Ausfahrt.«

»Woher wollen Sie wissen, dass es mein Auto ist?«

»Nun ja, hinter der Windschutzscheibe liegt ein Brief mit Ihrem Namen und Ihrer Anschrift drauf.«

(Pause) »Wirklich?«

»Ja.«

»Was steht auf dem Brief?«

»Wie bitte?«

»Sind Sie jetzt gerade dort?«

»Ich stehe direkt vor …«

»Dann lesen Sie mal, was auf dem Brief steht.«

(Pause) »Ja. Da steht: Pär Hansson, Östgötagatan …«

»Ist er frankiert?«

»Ja.«

»Hat er einen Poststempel?«

»Äh, nein.«

»Na, dann kann es ja wohl nicht mein Auto sein.«

»Wieso nicht?«

»Wenn dort ein Brief liegt, der an mich gerichtet ist und keinen Poststempel trägt, dann kann es wohl nicht mein Auto sein. Ich kutschiere doch nicht meine eigenen Briefen in der Gegend herum, oder?«

(Kurze Pause) »Nun ja …«

»Oder? Mache ich das? Fahre ich mit einem Brief, der an mich adressiert ist, im Auto herum?«

»Tja, Sie hätten ihn ja von jemand kriegen können, der …«

»Verdammt noch mal, ich besitze nicht mal ein Auto.«

(Pause) »Wirklich nicht?«

»Nein.«

(Pause) »Dann entschuldigen Sie bitte.«

»Ach, egal. Was war das noch einmal für ein Brief?«

»Ein gewöhnlicher Brief.«

»Größe?«

»Normale Größe.«

»Ist ein Greenpeace-Aufkleber drauf?«

»Ganz genau, Greenpeace.«

»Dann weiß ich. Es ist Johnnys Auto.«

»Ach ja?«

»Na klar. Ein blauer Audi?«

»Ja.«

»Liegt eine CD von Kent drin?«

»Kent?«

»Ja, Kent. Die mag er.«

»Hm, ich weiß nicht …«

»Er liebt Kent.« *(Kurze Pause)* »Zum Teufel, wo habe ich nur seine Nummer. Wo sind Sie jetzt?«

»Wie gesagt, ich stehe hier auf der Blekinge …«

»Dann kommen Sie mal zu mir rauf. Es ist gleich um die Ecke.«

»Wie bitte?«

»Kommen Sie kurz zu mir rauf. Dann können wir sehen, ob wir seine Nummer finden.«

»Ich weiß nicht …«

»Sie kennen doch die Adresse. Haben Sie es eilig, oder was?«

»Na ja …«

»Momentan kommen Sie sowieso nirgendwohin, oder?«

»Nein, das stimmt.«

Das Treffen

Er öffnete nur mit einem Morgenmantel bekleidet. Einem höchst zerschlissenen, verfärbten Frotteemantel, der an den Ärmeln sehr ausgefranst war. Er machte sich nicht die Mühe, ihn ordentlich zuzumachen, und ich glaube, dass ich für einen Augenblick seinen Pimmel sah. Ich weiß es nicht. Ich wollte nicht hinschauen. Seit ich ihn das letzte Mal gesehen hatte, hatte er den spärlichen Bart wachsen lassen. Vielleicht war es ja für eine Rolle.

»Jetzt kommen Sie schon herein«, sagte er. »Da liegt einiges auf dem Fußboden herum, aber steigen Sie einfach drüber. Davon kann nichts kaputtgehen.«

»Ach so«, sagte ich und versuchte, nett zu klingen.

»Was nicht bereits kaputt ist.«

» … «

»Kaputt. Zerbrochen.«

»Ach so.«

»Wollen Sie was trinken?«

Er ging vorweg durch den Flur in den einzigen Raum der Wohnung. Dort herrschte ein totales Durcheinander. Es war wirklich unmöglich, sich fortzubewegen, ohne auf irgendetwas zu treten. Ich überlegte, ob ich die Schuhe ausziehen sollte oder nicht. Dann beschloss ich, sie anzubehalten. Pär war barfuß und hüpfte wie auf kleinen Grasbüscheln über die verschiedenen Kleiderhaufen.

»Glauben Sie, dass Sie seine Nummer haben, die von dem mit dem Audi?«

»Johnny?«

»Genau.

Er schob ein paar Vinylplatten und Weingläser auf einem Tisch zur Seite. Es roch nach abgestandener Party. Alter Essensgeruch. Aschenbecher und eingetrockneter Wein.

»Verdammt, also Johnny. Sie müssen wissen, selbst wenn ich die Nummer finde, kann es etwas problematisch werden, ihn zu erreichen. Er ist nicht gerade der Typ, der immer zu Hause hockt, wenn Sie verstehen, was ich meine. Aber setzen Sie sich doch erst mal. Haben Sie einen Termin, den Sie einhalten müssen?«

»Nein, ich wollte mit einem Freund zu Mittag essen ...«

»Zu Mittag, na, dann ist ja noch Zeit.«

Ich sah mich im Zimmer um und versuchte herauszubekommen, wohin ich mich setzen könnte, ohne etwas kaputt zu machen oder mir die Kleider zu beschmutzen. In einer Ecke stand ein großes, nicht gemachtes Bett. Der größte Teil des Fußbodens war von Bücherstapeln bedeckt. Auf einem Hocker lagen Papierzettel mit Notizen in einer Art Ordnung. Man musste wie durch kleine Labyrinthe gehen, um voranzukommen. Pär saß in der Hocke vor einer Kiste und blätterte Schallplatten durch. Ich sah, wie er zwischen einer Platte von den Ramones und der zweiten von den Specials schwankte. Schließlich legte er eine auf, und ich glaube, dass es Leonard Cohen war.

Er wandte sich mir zu und wippte etwas mit dem Oberkörper. Ein wenig erinnerte er an einen Vogel, wie er da so saß. Er sah mich fragend an, und ich begriff, dass ich etwas zu der Musik sagen sollte. Ich zog die Augenbrauen hoch und nickte vorsichtig.

Er erhob sich und stand jetzt ganz dicht vor mir. Wir standen auf demselben kleinen freien Stück Fußboden, und keiner von uns konnte vor oder zurück. Die dunkle Stimme von Leonard Cohen tastete sich langsam zwischen uns vor.

»Milch? Zucker?«

»Danke, nein«, antwortete ich.

»Schwarz?«

»Nein, danke.«

Er fuhr mit dem Finger durch die Luft und setzte ihn mir auf die Brust.

»Sie sind Kritiker, nicht wahr?«

»Na ja, es ist schon eine Weile her. Ich schreibe …«

»Und wie läuft's?«, unterbrach er mich, als könnte er es nicht ertragen, auf die Antwort zu warten.

»So lala«, erwiderte ich. »Sie sind Schauspieler?«

Er sah mich an und lachte. Ich wäre gern ein Stück zurückgewichen, aber das ging nicht.

»Sie kennen sich ja echt aus«, sagte er und schüttelte den Kopf. »Nein, das habe ich schon vor etlichen Jahren aufgegeben. Das war nicht mein Ding.«

Er drängte sich an mir vorbei, und ich musste aufpassen, dass ich nicht das Gleichgewicht verlor und gegen einen Hocker mit einer Reihe von Zeitschriftensammlern fiel.

»Und was machen Sie jetzt?«, fragte ich.

Er fand ein Paar Stoffpantoffeln, die er erst anzog, dann aber gleich wieder abschüttelte.

»Von allem etwas. Verdammt, dass Sie sich daran erinnern.«

»Ich habe Sie gesehen.«

»Welches Stück?«

»Verschiedene.«

Er verschwand in einer kleinen Küchenzeile, und ich konnte hören, wie er mit Dosen und Tassen klapperte. Ich stand noch im Zimmer und ließ den Blick über die Wände gleiten, die mit kleinen und großen Fotos, einigen bunten Drucken, Bildern, Zeichnungen und einem Gruppenfoto, das aus einem, wie es hieß, »Kulturmagazin« stammte, bedeckt waren. Es wirkte alles wie aus einer anderen Zeit. Die Wohnung strahlte die Atmosphäre der frühen Achtzigerjahre aus. Die Bettwäsche in dem nicht gemachten Bett hatte wellige Streifen, die einmal lila und blaugrün gewesen waren. Am Fenster stand eine Lampe mit schwarzweiß kariertem Muster und eine Gitarre, die noch vier Saiten hatte. An der Gitarre klebte ein Zettel mit einem 2-Tone-Typen. Hier und da waren verschiedene Zeitungsausschnitte verstreut. Erst dachte ich, dass sie vielleicht etwas mit ihm zu tun hatten, und versuchte zu erkennen, ob etwas dabei war, das ich eventuell selbst geschrieben hatte, aber wie sich herausstellte, waren die Ausschnitte von ganz anderer Art. Es waren politische Artikel. Die meisten auf Englisch, ein paar auf Deutsch.

Ich räusperte mich und sagte laut und deutlich, sodass er mich wirklich hören konnte, während ich gleichzeitig versuchte, es nicht allzu emphatisch klingen zu lassen:

»Ich fand Sie sehr gut.«

Er hörte auf zu klappern und streckte den Kopf aus der Küchenecke. In der Hand hatte er einen Kaffeefilter. Er sah mich an.

»Fanden Sie?«

»Ja, meistens. Glauben Sie, dass Sie seine Telefonnummer finden werden?«

Einen kurzen Moment lang sah er so aus, als hätte er es vergessen. Als würde er nicht begreifen, wovon ich sprach. Dann erhellte sich seine Miene.

»Johnnys? Werde nachschauen.«

Er verschwand wieder, und ich konnte hören, wie er weiterhin mit den Sachen in der Küche hantierte.

»Wissen Sie«, rief er von dort, »das mit dem Theater war einfach nicht mein Ding. Das war zu viel für mich … ja, ich weiß nicht. Verstehen Sie?«

Ich nickte im Zimmer allein vor mich hin, während er in der Küche weiter vor sich hin klapperte.

»Erst war ich total … ja, Sie wissen schon«, fuhr Pär fort. »Ich dachte, es würde … ich weiß nicht. Aber es war einfach nicht meins.«

Er kam ins Zimmer zurück und ging zu einem kleinen Couchtisch neben dem Bett, nahm ein Buch und reichte es mir.

»Wo Sie schon mal hier sind. Das hier ist wirklich verdammt gut.«

Ich sah das Buch an. Auf dem Umschlag waren Graffiti abgebildet.

»Ist das von Ihnen?«, fragte ich.

»Nein, von Coletho. Kennen Sie ihn?«

Ich schüttelte den Kopf.

»Er ist verdammt gut«, fuhr Pär fort. »Über den sollten Sie mal schreiben. Der wird groß rauskommen. Verstehen Sie? Der ist auch politisch.«

Ich blätterte in dem Buch und sah, dass es eine Art von Lyrik war. Lange Sätze ohne Satzzeichen.

»Also. Eigentlich sollten Sie das hören. Der Sinn der Sache ist, dass man es live hört. Aber ich nehme mal an, dass Sie auf Lyriklesungen nicht so abfahren, oder?«

Ich schüttelte den Kopf und lächelte. Er sah mich kurz an, und obwohl wir wahrscheinlich gleich alt waren, hatte ich das bestimmte Gefühl, dass er mich älter schätzte.

»Also«, sagte Pär und riss mir das Buch aus den Händen und drehte es um, als würde er es selbst zum ersten Mal sehen. »Er ist die Zukunft.«

Er gab mir das Buch wieder zurück.

»Ich schenke es Ihnen.«

»Danke«, erwiderte ich.

»You're welcome«, sagte er und ging wieder in die Küche.

Ich blätterte ein wenig in dem Buch. Es war schwer, sich ein Bild von dem Inhalt zu machen. Ich versuchte herauszufinden, wo es erschienen war, aber es waren weder ein Verlag noch eine Druckerei angegeben.

»Ich habe einen sehr guten Blick«, rief Pär. »Hätte vielleicht Regisseur werden sollen, aber was soll's. Aber als Schauspieler war ich auch nicht total mies, oder?«

Er kam mit zwei riesigen Teetassen in grellen Farben ins Zimmer, die bis zum Rand mit Kaffee gefüllt waren.

»Wissen Sie«, meinte er, »auf eine Sache bin ich richtig stolz.«

»Ach«, sagte ich, »und was war das?«

»Das Freilichttheater.«

Er stellte sich wieder so nah vor mich hin, und wir standen uns dicht gegenüber. Auge in Auge. Er warf den Kopf zur Seite, damit ihm nicht der schwarz gefärbte Pony in die Augen fiel.

»Das ist das Beste, was ich je gemacht habe«, fuhr er fort. »Nur hat das traurigerweise niemand gesehen.«

»Wirklich?«, fragte ich.

Er reichte mir eine Tasse und fuhr sich mit der Hand durchs Haar.

»Es war ein Freilichttheater in Arboga.«

Er setzte sich aufs Bett und gab mir ein Zeichen, mich in den Sessel zu setzen, auf dem massenhaft Kleider und Bettwäsche lagen. Ich setzte mich einfach darauf und geriet in eine etwas unglücklich schiefe Lage. Ich musste mich anstrengen, nichts zu verschütten.

Er sah mich an, wie ich da saß.

»Jetzt haben wir es doch gemütlich«, meinte er und lächelte.

Ich versuchte, ein wenig aus der gigantischen Tasse zu trinken, aber der Kaffee war kochend heiß, und ich spürte, wie er auf der Zunge brannte.

»Ich habe bei diesem Bauerntheaterstück eine Rolle übernommen«, sagte er gedehnt, »und es war einfach optimal. Oh ja, ich wusste gleich von Anfang an, wie ich ihn spielen würde. Verstehen Sie? Ich wusste, wer er war.«

»Ja?«

Er schwieg eine Weile. Den Blick in weiter Ferne.

»Ich war so verdammt gut«, sagte er eher zu sich selbst, »das war ich doch, oder?«

Ich nickte.

»Woher wissen Sie das?«, fragte er.

»Ich war dort«, erwiderte ich.

Er stellte seinen Kaffee auf dem Tisch ab und streckte sich nach der Stereoanlage aus. Er klappte den Kunststoffdeckel hoch und hob den Tonarm an. Der Plattenteller drehte sich langsamer und blieb stehen. Es wurde vollkommen still. Kleine knackende Geräusche vom Herd, sonst nichts. Ich konnte mich durch die Nase atmen hören. Er sah mich an.

»Nein, das waren Sie nicht.«

Ich umfasste die Tasse und musste ständig die Finger verschieben, um mich nicht zu verbrennen. Gleichzeitig spürte ich, wie ich an den Oberarmen fror.

»Ich habe darüber in der Zeitung geschrieben«, sagte ich.

»Ich weiß, dass Sie das getan haben.«

»Ja?«

Er lehnte sich zu mir herüber. Ich versuchte, so still wie möglich zu sitzen.

»Sie waren bei der Premiere, oder?«

»Ja, das kann sein«, antwortete ich.

»Aber bei der Premiere hat ein anderer Schauspieler die Rolle gehabt«, erklärte er.

Ich versuchte zu erkennen, ob er mich hochnahm. Versuchte er, mich zu testen? Es war unmöglich zu sagen. Er sah mich an und verlangte eine Antwort.

»Ach so?«

»Ich bin erst später dazugekommen. Ich bin eingesprungen. Mein erster Job nach der Schauspielschule. Ich war anfangs mehr oder weniger Statist. Sollte verschiedene Figuren im Dorf spielen. Sie wissen schon, den Müller und den Pfarrer und so. Das war ein richtig guter Sommerjob. Aber dann bekam derjenige, der den Hjalmar geben sollte, eine Filmrolle und musste abspringen. Da kam ich zum Zuge. Ich war später im Herbst für eine Rolle in Uppsala vorgesehen, und deshalb meinten sie wohl, dass ich das schaffen würde.

Er verstummte für einen Augenblick und kniff die Augen zusammen. Verschwand in Gedanken.

»Das war das Beste, was ich je gemacht habe. Wissen Sie, ich war schon von der Rolle gefesselt, als ich das Manuskript las. Verdammt, ja, damals war man so begierig darauf zu spielen, dass ich alle Rollen las, als ob ich sie alle selbst spielen dürfte. Und dann, als der andere Typ abhaute, und ich einspringen durfte … Verstehen Sie? Ich wusste genau, wie es sein sollte.«

Ich nickte und stellte die Tasse auf den Tisch. Er lehnte sich auf dem Bett zurück, und es sah aus, als würde er sich auf die Seite legen. Der Bademantel beulte sich ziemlich aus.

»Wissen Sie, wenn man ganz neu ist, ist man so verdammt enthusiastisch. Man empfindet diese Lust, und alles macht so viel Spaß. Ich hätte alles getan. Und dann, na ja, ich weiß nicht. Man gewöhnt sich daran, kriegt Routine. Es ist nicht mehr dasselbe.«

»Nein«, entgegnete ich und merkte, dass ich fast flüsterte.

Er sah mich an.

»Am Anfang, da glaubt man, dass irgendwie nichts unmöglich ist, dass man, nun, Sie wissen schon, die Leute beeinflussen kann, etwas verändern kann. Und dann lernt man, wie die Dinge wirklich laufen. Man kapiert, dass die Leute davon innerlich gar nicht so berührt sind, wie man glaubt. Es bedeutet ihnen gar nichts. Nicht wirklich. Auf jeden Fall nicht mehr als der Drink in der Pause oder die Frage, wo sie ihr Auto geparkt haben, oder ... Sie verstehen bestimmt, was ich meine?«

Ich nickte. Er nahm einen Schluck von seinem Kaffee und schien sich nicht zu verbrennen.

»Ist ja klar«, fuhr er fort. »Manchmal passiert es, aber ich meine, es muss schon einigermaßen stimmig sein, damit mehr als nur Worte dabei herauskommen. Es ist selten, dass man das wirklich erreicht. Komisch, oder? Aber es ist schon ein wenig bescheuert zu glauben, dass man es jedes Mal hinkriegen könnte.«

Er lehnte sich zurück und balancierte die Tasse in der Hand.

»Vielleicht macht das den Unterschied aus«, sagte er.

»Was denn?«, fragte ich.

»Die Lust. Die richtig Großen, die verlieren die Lust nicht. Die finden irgendeinen Weg, immer daran zu glauben.«

Ich nickte. Er sah mich an.

»Ich bin noch ein zweites Mal da gewesen«, erklärte ich.

»Wie?«, fragte er.

»Ich war noch mal da. Ich habe Sie gesehen, Sie waren gut.«

»Ich weiß.«

»Sie wussten das?«

»Na klar. Man fühlt es, wenn alles stimmt, oder etwa nicht? Ich war fantastisch.«

»Wussten Sie, dass ich da war?«

»Ich habe Sie kommen sehen. Dachte, dass Sie Klarheit haben wollten.«

Ich trank wieder von dem Kaffee. Scherte mich nicht darum, dass er heiß war. Spürte, wie der Kaffee ganz hinten im Hals immer noch wärmte.

»Wie gut war ich?«, wollte er wissen und streckte die Arme so weit aus, wie er konnte, um einen Abstand oder eine Menge anzudeuten.

Ich versuchte zu lächeln.

»Besser«, meinte ich.

Er lachte und sprang aus dem Bett, zog eine neue Platte aus der Kiste und legte sie anstelle von Cohen auf. Ich merkte sofort, dass es Clash war. Er drehte die Lautstärke hoch. Als ob wir jetzt alles besprochen hätten. Und als er die CDs im Karton durchschaute, konnte ich sehen, dass sich in dem Haufen alle CDs von Kent befanden.

»Man weiß, wenn alles stimmt, oder?«, rief er über die Musik hinweg. »Man spürt es einfach, oder?«

Ich nickte.

»Glauben Sie, dass Sie die Nummer von diesem Johnny haben?«, fragte ich, als er eine Weile den CD-Stapel durchsucht hatte.

»Johnny?«, fragte Pär und blickte verstohlen zu mir herüber.

»Ja?«

Er kratzte sich am Kopf und blies die Backen auf.

»Wissen Sie, wie wir es machen?«, rief er und verschwand im Flur.

»Nein, wie denn?«, erwiderte ich und ging hinterher.

Er sprang in ein paar Schuhe, setzte sich eine tarnfarbengrüne

Mütze auf und ging bloß in Bademantel und Schuhen ins Treppenhaus. Den Bademantel band er um die Taille fest zu.

»Man möchte ja nicht, dass der Pimmel rausschaut«, sagte er und ging die Treppe hinunter. Ich eilte hinter ihm her und folgte ihm um die Ecke zu den Autos. Sah, wie er in der Tasche vom Bademantel nach etwas suchte und einen Schlüsselbund herausholte. Er schloss den blauen Audi auf, setzte sich rein, startete und fuhr ein paar Meter vor. Dann sprang er bei laufendem Motor aus dem Auto und kam auf mich zu.

»Wissen Sie, ein Brief hinter der Windschutzscheibe sagt eigentlich gar nichts darüber aus, wem das Auto gehört. Eine Zeitschrift hingegen sehr wohl«, erklärte er und zeigte auf die neueste Ausgabe von *Vi*, die mit der Rückseite nach oben auf dem Beifahrersitz meines Autos lag.

Er wies mit dem Kopf auf das Buch von Coletho, das ich in der Hand hielt.

»Sie vergessen nicht, über ihn zu schreiben, oder?«

Ich hielt das Buch hoch und nickte. Schloss mein Auto auf und warf das Buch auf die Zeitschrift.

»Ich werde sehen, was sich machen lässt.«

Das Daley-Thompson-Tracktop

Mutter hatte Marcus endlich ein Daley-Thompson-Tracktop von Adidas gekauft, und es war nicht billig gewesen. Viel zu viel Geld für Marcus' Mutter, aber in gewisser Weise eine sinnvolle Ausgabe, wo es doch um ihren Sohn ging. Bei so viel Gerede, Drohungen und Streitereien, die schon in diese Jacke investiert worden waren, hatte er nicht das Gefühl, sie geschenkt bekommen zu haben.

Beim ersten Training wusste er nicht mal, ob er sie anziehen sollte. Natürlich wollte er ein Daley-Thompson-Tracktop tragen, das wollten alle, aber jetzt, da er dieses phänomenale Kleidungsstück besaß, tauchten neue Sorgen auf, denen er begegnen musste.

Von außen sah alles vollkommen einfach aus. Entweder hatte man ein Daley-Thompson-Tracktop oder nicht. Hatte man eins, war man glücklich, und hatte man keines, war man etwas weniger glücklich. Jetzt, als er mit seinem Glück in der Hand dastand, begriff er, dass es in Wirklichkeit viel komplizierter war. Am liebsten hätte er den ersten Tag mit seinem Daley-Thompson-Tracktop übersprungen und wäre direkt zum zweiten oder dritten übergegangen. Wenn er selbst hätte wählen können, hätte er es gleich von Anfang an gehabt, damit alle in der Mannschaft wussten, dass Marcus zu denen gehörte, die ein Daley-Thompson-Tracktop trugen, und dann wäre daran gar nichts Aufregendes mehr gewesen. Aber er begriff, dass es so nicht laufen würde.

Deshalb erwog er, die Jacke während des ersten Trainings in der Tasche zu lassen, sie eventuell ein wenig herausschauen zu lassen, sodass die anderen oder zumindest einige von ihnen sie sehen und ihre Existenz bemerken könnten, ohne dass er beim ersten Training nach der Sommerpause damit wie eine Schaufensterpuppe auszuschauen brauchte. Auf diese Weise könnte er sie unter seine Ausrüstung schmuggeln, wodurch ihm vielleicht ein eher gleitender Übergang von der alten gewöhnlichen Coop-Forum-Jacke zu diesem bewusst gewählten Attribut gelingen würde.

Folglich tat er auf dem Weg zum Training sein Daley-Thompson-Tracktop in die Tasche und ging nur im T-Shirt. Das war kein Problem, denn es war richtig schönes Wetter. Er fröstelte nur ein wenig. Kurz bevor er ankam, blieb er stehen und nahm seine Trainingsjacke heraus, warf sie auf den Boden und zog sie ein wenig durch das Gras. Dann klopfte er sie wieder ab und legte sie in die Tasche zurück, die er ein wenig offen ließ.

Fast alle waren da. Die Beine waren ein wenig schwer nach der Sommerpause, aber sobald sie richtig anfingen zu spielen, fühlte es sich gut an, wieder etwas zu tun. Marcus hatte ein Gespräch mit dem Trainer Anders, der der Meinung war, dass er vom zentralen Mittelfeld eher in die Außenverteidigung wechseln sollte. Während des Gesprächs spürte Marcus, dass die Umbesetzung mehr mit den Qualitäten von Torben als Mittelfeldmotor als mit seinen eigenen möglichen Qualitäten als Außenverteidiger zu tun hatte, doch er begriff auch, dass es besser war, sich auf einer Position einzurichten, wo man eine Chance hatte, spielen zu dürfen, als dort zu verharren, wo es bereits gutes Spielermaterial gab.

Torben war die erste Wahl von Anders, das wusste Marcus, und deshalb wäre es dumm gewesen, sich nicht darauf einzulassen, die Außenverteidigung zu testen. Vielleicht machte es ja auch Spaß. Marcus hatte sich immer als einen Spieler im zentralen Mittelfeld gesehen, aber warum sollte er nicht einmal etwas Neues ausprobieren?

Nach dem Training war es ein wenig kühler geworden, und Marcus zog einfach sein Daley-Thompson-Tracktop an und tat so, als wäre nichts Besonderes. Er zog den Reißverschluss bis zum

Hals hoch, als hätte er den ganzen Sommer nichts anderes getan. Keiner sagte etwas, und nach fünf Minuten war es, als hätte er sie schon immer getragen. Möglicherweise waren sich seine Mitspieler auch nicht mehr sicher, ob er die Trainingsjacke nicht schon vor der Sommerpause gehabt hatte. Vielleicht hatten sie gesehen, wie sie aus der Tasche herausgeschaut hatte, und sich an den Gedanken gewöhnt, gedacht, dass er sie bestimmt schon eine Weile dabeigehabt hatte. Und dass sie sie nur übersehen hatten. Achteten sie möglicherweise gar nicht so sehr auf seine Kleidung?

Er verließ zusammen mit Björn und Torben den Sportplatz. Björn fragte, warum Marcus nicht mit Anders fuhr, sie waren doch fast Nachbarn. Marcus sagte, er wisse es nicht. Als sie sich an den Bushaltestellen trennten, meinte Torben, dass Marcus eine schicke Jacke habe.

»Adidas, oder?«

»Ja«, erwiderte Marcus.

»Ein Daley-Thompson-Tracktop?«

»Ja.«

Sie nickten sich zu und jeder verschwand in seine Richtung.

Beim nächsten Mal kam Marcus sehr zeitig zum Training und hatte seine Jacke schon an. Er joggte ein paar Runden um den Platz und blieb dann mit Björn und Erkan hinter dem Tor stehen, um gemeinsam mit ihnen ein paar Dehnübungen zu machen. Marcus versuchte spaßeshalber so zu reden wie Zlatan Ibrahimovic. Er hatte dafür eine Weile geübt und fand, dass es lustig klang. Die anderen fanden es ziemlich cool. Marcus hatte den Eindruck, dass nichts dagegen sprach, bei nächster Gelegenheit eine erneute Kostprobe zum Besten zu geben.

Kurz bevor Anders kam und den Anpfiff zum Training gab, schloss sich Torben der Gruppe hinter dem Tor an. Marcus hörte seine Stimme, und als er aufschaute, sah er, dass Torben sich wie er ein Daley-Thompson-Tracktop gekauft hatte.

Torben hatte es eilig, Schienbeinschützer und Schuhe anzuziehen. Er grüßte Marcus, sagte aber kein Wort über die Jacke. Von den anderen sagte auch keiner was. Das ganze Training über liefen sie in identischen Daley-Thompson-Tracktops herum. Als wären wir Zwillinge, dachte Marcus.

Die ersten Versuche auf der Außenseite kamen ihm unbeholfen vor. Marcus hatte das Gefühl, immer mehr aus dem Spiel zu geraten, und versuchte ständig, weiter nach innen zu kommen. Anders brüllte ihm zu, er solle seine Position außen beibehalten.

»Jetzt rottet euch doch nicht alle da drinnen so zusammen«, schrie er. »Breitet euch aus!«

Nach dem Training hörte Marcus, wie die anderen über das neue Daley-Thompson-Tracktop von Torben sprachen. Alle fanden es sehr schick, und Torben musste sich herumdrehen und die Jacke vorführen. Auf dem Heimweg hatte Marcus den Eindruck, dass er mit Torben reden und die Sache mit den Jacken aufgreifen sollte, aber es gestaltete sich schwierig, das Thema anzuschneiden. Schließlich standen sie wieder an den Bushaltestellen, und Torben sagte Tschüss.

»Neue Jacke?«, rief Marcus noch, als Torben schon ein Stück entfernt war. Er drehte sich um.

»Was?«, rief er.

»Ach, nichts«, rief Marcus ihm zu. Torben drehte sich wieder um und ging weiter zu seiner Haltestelle. Marcus machte sich auf den Nachhauseweg.

Zwei Tage später rief Marcus Anders an und fragte ihn, ob er nicht mit ihm zum Training fahren könne. Anders überlegte einen Moment. Dann sagte er, dass er mitfahren könne, aber er müsse mit der Inneneinrichtung in seinem neuen BMW vorsichtig sein. Marcus sagte, dass er darauf achten würde. Den ganzen Weg zum Sportplatz saß er steif wie ein Stock da, ohne etwas anzurühren. Anders fuhr sehr schnell. Als sie angekommen waren, meinte Anders, Marcus habe sich anständig verhalten, und deshalb könne er auch weiterhin zum Training mitfahren.

»Aber ich kann dich nicht nach Hause bringen«, sagte er. »Denn ich habe noch anderes zu tun.«

Anders war der Meinung, Marcus müsse an seinem Speed arbeiten. Er sagte Speed und nicht Schnelligkeit, weshalb Marcus sich fragte, ob es sich möglicherweise um zwei unterschiedliche Begriffe handelte. Marcus war ziemlich schnell. Er lief den meisten anderen in der Mannschaft, inklusive Torben, mit Leichtigkeit davon. Aber vielleicht war Speed ja etwas anderes. Er fragte nicht nach. Er machte jedoch, was Anders sagte, und trainierte seine Balltechnik, indem er Bälle zwischen Hütchen hin- und herkickte.

Nach dem Training am folgenden Tag blieb er allein zurück und übte Freistöße auf die Torwand. Es lief nur mittelmäßig. Anders kam eine Weile dazu und beobachtete ihn. Er stand direkt hinter Marcus, wenn dieser den Ball zurechtlegte, und er musste jedes Mal aufpassen, dass er ihn nicht anrempelte, wenn er rückwärts lief. Irgendwann sagte Anders, Marcus sollte mal darüber nachdenken, sich ein Paar Nike mit Reißverschluss zu kaufen, wenn er das richtige Gefühl fürs Schießen entwickeln wolle.

»Ich habe immer Copia Mundial gehabt«, meinte Marcus.

»Dann versuch vielleicht mal die neuen Nike«, entgegnete Anders. »Da schnürst du die Schuhe an der Seite und hast dadurch eine bessere Trefferfläche. Verstehst du?«

Er schlug Marcus auf den Rücken, sprang in den BMW und fuhr davon. Marcus blieb noch eine gute Stunde, und nach einer Weile saßen die Schüsse auch besser.

An dem Wochenende ging Marcus' Mutter mit Marcus zu Intersport und kaufte ihm ein Paar neue Nike Air Zoom Total 90 III. Sie fand sie viel zu teuer, aber Marcus sagte, es müsse sein. Die Mutter seufzte und zog die Kreditkarte heraus.

Und tatsächlich verspürte Marcus ein gewisses erhebendes Gefühl mit den neuen Schuhen. Es hatte den Anschein, als hätte er beim Schießen einen besseren Ballkontakt. Bestimmt hatte das in der Hauptsache mit dem Training zu tun, aber er mochte die neuen Schuhe und zeigte sie Torben und Erkan

»Ich würde niemals meine Copa Mundial hergeben«, sagte Erkan.

»Die sind spitze«, meinte Marcus. »Irgendwie ist man mit dem Fuß näher dran.«

»Ich bin ein Adidas-Typ«, erwiderte Erkan. »Werde nie ein Nike-Typ.«

»Aber sie sind spitze«, wiederholte Marcus.

»Werde niemals ein Nike-Typ«, setzte Erkan nach.

»Was kosten die?«, fragte Torben.

Am nächsten Tag kam Torben mit einem Paar Nike Air Zoom Total 90 III in der Hand, die er am Spielfeldrand zuschnürte. Björn und Hassan standen rechts und links von ihm und betrachteten die Schuhe. Als er fertig war, stand er auf und streckte das Bein aus. Björn hielt es mit der Hand fest, sodass Hassan und er den Schuh genau unter die Lupe nehmen konnten. Torben ließ sie gewähren und warf von oben einen verstohlenen Blick auf ihre beeindruckten Gesichter.

Das ganze Spiel lief über Torben. Marcus rannte auf seiner Seite herum und sah zu, wie Torben den Angriff zentral lenken durfte. Nur selten kam ein Pass auf Marcus' Seite. Manchmal rannte er nach innen, um einen Ball zu kriegen, aber dann war fast immer Anders da und brüllte ihn an.

»Marcus, bleib auf deiner Seite.«

Marcus versuchte trotzdem, sich nicht die Laune verderben zu lassen. Irgendwann versuchte er aus Spaß, so herumzublödeln wie Zlatan, aber niemand hörte ihn.

Eine Woche später hatten sie ein Trainingsspiel gegen die B-Jugend.

Im Auto auf dem Weg zum Spiel hielt Marcus seine neuen Nike Air Zoom Total 90 III hoch und zeigte sie Anders, der nickte.

»Ja«, sagte er, »das sind dieselben, die Torben hat, oder?«

Die von der B-Jugend waren natürlich viel besser. Anders meinte, es sei eine gute Übung, einen schweren Gegner zu haben. Die Mannschaft von Marcus musste viel mehr rennen und dem Ball hinterherjagen, und Marcus fühlte sich draußen auf seiner Seite noch einsamer, wenn das überhaupt möglich war. Ab und zu bewegte er sich nach innen zu Torben, und für einige Momente gelang ihnen ein etwas zusammenhängenderes Spiel.

Als Torben mit einigen Freistößen gescheitert war, sprang Marcus ein. Der Schuss ging an die Latte, und fast alle Mannschaftskameraden kamen zu ihm und lobten seinen Einsatz.

Die Mannschaft verlor, aber Marcus fand, dass sein eigenes Spiel eigentlich gar nicht so schlecht gewesen war. Er war schnell und beweglich und schaffte es, ein paar wirklich gute Vorlagen für Tore zu liefern.

Hinterher ging Anders das Spiel kurz mit der Mannschaft durch.

»Alle müssen mithelfen und nach hinten dicht machen«, erklärte er.

Alle einschließlich Marcus nickten. Dann fasste er sich ein Herz und fragte:

»Sollten nicht einige von uns etwas früher in Aktion treten, sodass wir ihren Aufbau stören?«

Er sah, wie Anders der Schweiß ausbrach und er eine tiefe Falte auf der Stirn bekam. Aber er sah Marcus an und lächelte.

»Man darf nicht faul werden, Matze. Alle müssen mit anpacken.«

»Ja, aber ...«

»Es ist wichtig, dass ihr eure Rollen annehmt«, unterbrach ihn Anders. »Jeder von euch hat eine besondere Aufgabe. Löst sie und lasst eure Mitspieler ihre Aufgaben lösen. Kapiert?« Alle nickten.

Anders sah zu Marcus, und Marcus begriff, dass er die Falte auf Anders' Stirn verschuldet hatte. Er bereute sofort, etwas gesagt zu haben.

Die Stimmung in der Umkleide war trotzdem wirklich gut. Das Spielergebnis war unerheblich, und schon bald fing Torben an, Zlatan nachzuahmen. Alle fanden das sehr lustig. Marcus beeilte sich, ebenfalls ein paar Sätze hinzuzufügen, allerdings merkte er bald, dass er nicht so gut darin war, andere nachzumachen.

Als Marcus aus der Umkleide kam, fragte Anders, ob er mit nach Hause fahren wolle.

»Gern«, erwiderte Marcus.

Er ging mit Anders zu dem BMW, und Anders schloss das Auto mit einem schicken Klicklaut auf. Marcus setzte sich auf den Beifahrersitz und legte den Sicherheitsgurt an. Anders setzte zurück und bog dann mit einem leichten Schlingern auf die große Straße ein. Marcus fragte sich, ob er das wohl machte, um ihm zu imponieren. Sie saßen eine Weile schweigend da, und Marcus hatte das Gefühl, etwas sagen zu müssen, aber Anders kam ihm zuvor.

»Weißt du, was ›backseat driving‹ ist?«

»Ja«, sagte Marcus.

»Hör auf damit«, meinte Anders.

Marcus sah instinktiv auf seine Füße. Dann begriff er, dass Anders etwas anderes meinte. Er beschloss, nicht darauf zu antworten.

»Du bist ein guter Fußballspieler«, sagte Anders.

»Danke«, erwiderte Marcus.

»Oder du kannst zumindest einer werden. Du hast Talent.«

Marcus wusste nicht, ob er Anders ansehen oder aus dem Fenster schauen sollte. Er entschied sich für das Fenster. Anders räusperte sich.

»Du musst nur einsehen, wo dein Platz ist, verstehst du?«

Marcus nickte.

»Wir sollen nicht nur unsere eigenen Rollen spielen,« fuhr Anders fort. »Wir müssen auch den anderen gestatten, ihre zu spielen. Kannst du mir folgen?«

Marcus nickte und fragte sich, ob er das verstand.

»Dein Platz ist außen«, erklärte Anders.

In einer Geste, die sicher zärtlich oder auf jeden Fall fürsorglich gemeint war, streckte er den Arm aus und versuchte, ihn in einer kameradschaftlichen Umarmung um Marcus zu legen. Das war nicht einfach. Zunächst einmal kam er nicht hinter den Kopf. Marcus musste den Nacken etwas vorbeugen. Dann konnte er die Hand nicht richtig auf der Schulter ablegen. Die Trainingsjacke von Marcus erwies sich gegenüber dem Fleecepullover von Anders als widerborstiger, als man meinen sollte. Der Ärmel rollte sich hoch und seine Finger blieben an Marcus' Hals liegen und berührten ihn leicht. Das war unbequem und fühlte sich fast wie eine Art Aufforderung an. Anders zog den Arm wieder zurück und begnügte sich damit, ihm über die Haare zu streichen, als würde er ihn kämmen oder seine Frisur ordnen, ungefähr wie Marcus' Mutter es bei ihm gemacht hatte, als er noch viel kleiner gewesen war. Bei dieser Bewegung schlingerte das Auto, und Marcus spürte, wie Anders vom Gas ging, um wieder Kontrolle über den Wagen zu bekommen. Langsam bekam er ihn wieder in den Griff, und das Ganze war vorüber.

»Ach, du weißt schon, wie ich das meine«, sagte Anders nach einer Weile.

Sie saßen schweigend da. Marcus schaute aus dem Seitenfenster und überlegte, wie Anders das wohl gemeint hatte. Er spürte, dass sich das Tracktop im Nacken zusammengeknautscht hatte, aber er wollte es jetzt nicht zurechtziehen.

»Denk mal über das nach, was ich gesagt habe«, meinte Anders, als er ihn vor dem Hauseingang rausließ. Marcus sagte, das würde er tun, bedankte sich fürs Mitnehmen und ging ins Haus.

Beim nächsten Mal ging Marcus zu Fuß zum Training. Seine Mutter seufzte leise, als sie die neuen Fußballschuhe auf dem Fußboden im Flur liegen sah.

»Aber es müssen immer teure Sachen gekauft werden«, murmelte sie vor sich hin.

Sie schob die Schuhe zu dem Daley-Thompson-Tracktop in die Schublade mit den Trainingssachen.

Der Korbstuhl von Mr. Koshiro I

Mr. Koshiro war klar, dass seine Frau sich unter keinen Umständen auf einen Korbstuhl einlassen würde. Deshalb brachte er ihn, ehe er am Abend nach Hause fuhr, in sein Büro.

In der Mittagspause desselben Tages war Mr. Koshiro zu dem Rattan-Laden in Solby gegangen und hatte endlich diesen Sessel mit der fächerförmigen Rückenlehne gekauft, den er schon so lange im Auge gehabt hatte und der mittlerweile die Materialisierung seiner Träume von Lebensqualität darstellte.

Die Frau von Mr. Koshiro hatte den Stuhl auch gesehen und ihn als Kitsch bezeichnet. Und jedes Mal, wenn er die Sprache darauf brachte, hatte sie ihn wissen lassen, dass ein derartiges Möbelstück in ihrer gemeinsamen Wohnung niemals eine Zukunft hätte. Sie hatte die Augen zusammengekniffen und Mr. Koshiro einen Blick zugeworfen, der uns klarmachte, dass in ihr eine tiefe Verachtung lauerte und sie nur des Geldes wegen blieb.

Mr. Koshiro hatte gehofft, zu einem späteren Zeitpunkt unbemerkt den Stuhl nach Hause schmuggeln zu können, um ihn in heimischer Umgebung zu präsentieren. Vielleicht würde seine Frau dann den Enthusiasmus von Mr. Koshiro besser verstehen oder zumindest angesichts der geschaffenen Tatsache resignieren und denken, wenn er nun schon einmal dort stünde, könne er auch dort stehen bleiben.

Das hatte er laut gedacht. Er hatte gutgläubig mit sich selbst geredet, in seinem Büro, wo die Sonne, die in Solby immer schien, sich ihren Weg durch die Vorhänge bahnte und sein Gesicht und das seiner Mitarbeiter auf eine interessante Weise gestreift erscheinen ließ.

Nun hatte aber die Frau von Mr. Koshiro an jenem Tag in der

Stadt etwas zu erledigen und ging in der Hoffnung, mit ihm nach Hause fahren zu können, beim Büro ihres Mannes vorbei.

Die Frau von Mr. Koshiro war eine intrigante Person. Ihr ganzes Leben war darauf ausgerichtet, andere Menschen unglücklich zu machen. Wieder und wieder stürzte sie andere Familien ins Unglück. Manchmal, indem sie die Männer verführte. Manchmal, indem sie den Frauen gegenüber schlecht über die Männer redete und sie dazu anstachelte, ihre Männer zu betrügen. Die Frauen machten fast alles, was sie sagte, und die Männer ließen sich fast immer verführen. Sie hatte zwei Kinder mit Mr. Koshiro, der im Unterschied zu seiner Frau ein gutmütiger Mensch war. Hart arbeitender Einwanderer der zweiten Generation, der mit seiner Hände Arbeit ein Elektronik-Imperium aufgebaut hatte, das in den letzten Jahren einiges an Wert gewonnen hatte.

Man konnte sich in jeder Lebenslage auf Mr. Koshiro verlassen. Er war fast immer guter Laune, und wenn er nicht guter Laune war, dann machte er sich um jemand anders Sorgen. Außerdem war er sehr gut aussehend. Gut aussehend und nett. Ein wenig wie ein Bär.

Mrs. Koshiro hingegen trank zu viel, fälschte Dokumente und versuchte, ihre Kinder um ihr Erbe zu bringen und sie gegen ihren Vater aufzuhetzen. Alle hatten Angst vor ihr: Sie war ein Hexe.

Trotz ihrer harten und gefühllosen Art und dem Mangel an Mitgefühl, hatte Mrs. Koshiro einen gewissen Sinn für Stil und lenkte mit eiserner Hand die Einrichtungsarbeiten in dem neu gebauten Haus der Koshiros.

An diesem Tag war sie im Designer-Laden gewesen und hatte neue Tapeten für das Wohnzimmer im oberen Stock bestellt. Außerdem war sie noch kurz für ein Stelldichein mit einem Liebhaber im Restaurant de Luxe vorbeigegangen, hatte gemeinsam mit einer Freundin im Solbycafé intrigiert und hoffte jetzt darauf, dass ihr Mann immer noch im Büro war, damit er sie nach Hause fahren konnte.

Als sie durch die Tür zu seinem Büro kam, sah sie den Stuhl dort stehen und fuhr instinktiv beim bloßen Anblick des Monstrums zurück.

Gleichzeitig entfuhr ihr vor lauter Ekel ein schwacher Laut.

Meine Freundin Anna fand, dass eine derartige physische Beschreibung kaum glaubwürdig sei und ich etwas daran hätte ändern müssen.

Ich versuchte ihr zu erklären, dass das Ganze ein sogenannter Cliffhanger sei und es in solchen Situationen in Ordnung, um nicht zu sagen, üblich sei, ein bisschen dicker aufzutragen.

Nichtsdestotrotz vertrat Anna die Meinung, dass es selbst für eine einfachere Art der Seifenoper eine übertriebene Reaktion sei.

»Die ganze Story mit dem Korbstuhl«, sagte sie. »Das fühlt sich einfach nicht richtig, wie soll ich sagen, nicht richtig authentisch an.«

»Was du plötzlich alles weißt«, gab ich zurück und schaltete den Fernseher aus. Ich stand auf, nahm die Teekanne und ging in die Küche. Dort spülte ich die Kanne aus und stellte sie zum Trocknen umgekehrt auf ein Stück Haushaltspapier auf die Küchenspüle. Anna kam mir nach.

»Wenn es überhaupt irgendeinen Sinn machen soll, dass du mir die Abschnitte im Vorhinein zeigst, musst du lernen, Kritik besser anzunehmen. Ansonsten kann ich sie mir genauso gut erst ansehen, wenn sie gesendet werden.«

Ich antwortete nicht, sondern machte den Kühlschrank auf, um nachzuzuschauen, ob es noch irgendetwas Essbares gab. Das war nicht der Fall.

»Außerdem verstehe ich nicht, was es bringen soll, wenn ich die Texte eine Woche vor der Sendung sehe, wenn schon alles redigiert ist. Da kannst du ja nichts mehr ändern.«

Ich machte die Kühlschranktür mit einer Bewegung wieder zu, dass sie auf jeden Fall merken musste, dass ich immer noch verletzt war.

»Ich dachte, du wolltest sie sehen«, sagte ich, während ich mich zwischen ihr und dem Türrahmen vorbeizwängte und zurück ins Wohnzimmer ging.

»Ich will sie ja sehen. Ich verstehe bloß nicht, ob ich irgendetwas dazu sagen oder sie einfach nur durchschauen soll.«

Ich ging zum DVD-Spieler und holte die DVD heraus, pustete den Staub weg und legte sie in die Hülle zurück.

Als ich zur Küche zurückkam und sie immer noch an den Türrahmen gelehnt stand, reagierte ich auf ihren Angriff. Und ich fand, dass ich genau die perfekte Antwort gefunden hatte.

Der Korbstuhl von Mr. Koshiro II

»Wir können damit aufhören, wenn du willst«, sagte ich.

Nicht drohend, nicht einmal gekränkt, sondern ausgesprochen sachlich.

Sie sah mich an und schüttelte den Kopf.

Drei Tage später machten wir Schluss. Anna nahm ihre Sachen und zog noch am selben Tag aus. Fast zwei Jahre lang sahen wir uns nicht ein einziges Mal. Wir telefonierten nicht und hörten nichts voneinander.

Die Serie lief schlecht. Die Sponsoren klagten, und eines Tages kam einer der Abteilungsleiter in mein Büro. Er sagte, dass die anderen in der Redaktionsgruppe mit der Korbstuhl-Story nicht zufrieden seien. Könnte man sie nicht abschließen?

»Warum denn?«, fragte ich.

»Zu schwer zu dramatisieren. Da springt kein Funke über.«

»Nur die Fantasie setzt Grenzen«, erwiderte ich.

Nach ein paar Monaten kam der Bescheid, dass die Serie eingestellt werden würde. Mein Chef meinte, wir sollten es nicht zu schwernehmen, sondern darauf achten, aus dem Fehler zu lernen.

Eines Tages erwähnte mein Kollege Jörg, dass er zu einem Geburtstagsfest bei Pia, einer von Annas alten Freundinnen, eingeladen sei. Als Pia hörte, dass Jörg mich kannte, bat sie ihn zu fragen, ob ich nicht auch kommen wolle.

Am Tag vor dem Fest rief ich Pia selbst an, um nachzufragen, ob es wirklich in Ordnung sei, wenn ich mitkäme.

»Sonst hätte ich dich ja wohl nicht eingeladen, oder?«, antwortete Pia.

»Vielleicht wolltest du nur höflich sein.«

»Ich sage doch, dass es in Ordnung ist.«

»Ja, aber meinst du das auch?«

Sie seufzte in den Hörer.

»Du bist jedenfalls willkommen«, sagte sie.

»Hm, mal sehen, ich überleg es mir«, erwiderte ich.

Am nächsten Tag entschied ich mich, auf das Fest zu gehen.

Auf dem Weg dorthin ging ich noch in der Buchhandlung vorbei, um ein passendes Geburtstagsgeschenk zu besorgen. Schwankte eine Weile zwischen Katarina Frostenson und dem Propheten. Am Ende entschied ich mich für das neue Buch von Coletho. Ich war nicht einmal sicher, ob sie Lyrik las, aber das war egal. Es würde Eindruck machen. Ohne dass ich darum gebeten hatte, packte mir die Verkäuferin das Buch als Geschenk ein.

Sobald ich bei Pia ankam, erblickte ich Anna. Wir begrüßten und umarmten uns. Es war nett, sich nach so langer Zeit wiederzusehen. Wir hatten uns viel zu erzählen. Sie war mit einem Zahnarzt verheiratet, der Rattanmöbel liebte. Wir lachten beide über diesen Zufall, und Anna witzelte darüber, dass dies der einzige unvereinbare Zug an einem ansonsten perfekten Menschen sei. Sie waren immer noch sehr verliebt.

Der Zahnarzt hatte ein großes Paket für Pia dabei, und als sie die Geschenke aufmachen wollte, versammelten wir uns alle im Kreis um sie, um zuzusehen.

Mit beeindruckendem Einfühlungsvermögen gelang es ihr, fast bei allen Geschenken den Eindruck zu erwecken, sie seien genau das, was sie sich in ihrem tiefsten Innern gewünscht, von dem sie aber nicht gewusst hatte, dass sie es haben wollte. Sogar meinen Gedichtband schaute sie sich an und blätterte darin, als würde er durchaus ihr Leben verändern können.

Mit dem Paket des Zahnarztes wartete sie bis zum Schluss. Mit einem einzigen kräftigen Ruck riss sie das dünne Geschenkpapier weg, und vor uns stand ein Korbstuhl mit einer fächerförmigen Rückenlehne.

Alle schauten erst Pia und dann den Zahnarzt an. Und mir entging nicht, wie Anna vor dem riesigen Korbmonster mit dem ganzen Körper zurückwich. Und kam da nicht sogar ein unmerklicher Laut des Erschreckens über ihre Lippen?

In diesem Augenblick begegneten sich unsere Blicke, und wir wussten beide: Ich hatte die ganze Zeit recht gehabt.

Der Korbstuhl von Mr. Koshiro III

Als ich an jenem Abend in meine Wohnung kam, entdeckte ich zu meinem Erstaunen, dass sogar in meinem Haus ein Korbstuhl stand. Mitten im Hausflur, die Rückenlehne zum Eingang gewandt, wie eine beleidigte Ehefrau, die seit Langem besorgt auf ihren Mann wartete.

Ich ging darum herum, setzte mich im Mantel auf den Stuhl und bemerkte, welche wunderbare Bequemlichkeit er zu bieten hatte. Der untere Teil des Fächers schloss sich auf ungeheuer angenehme Weise um den Rücken. Wovon ich gedacht hatte, dass es sich hart und stachelig anfühlen würde, gab in Wirklichkeit nach und schmiegte sich an. Mit einem Mal begriff ich die Anmut in Mr. Koshiros Plan – den Stuhl mit nach Hause zu bringen und die Frau darin sitzen zu lassen, sei es auch nur für einen kurzen Augenblick.

Da Mr. Koshiro meine Figur war und seine Taten von mir erfunden, konnte ich, dort im dunklen Flur im Korbstuhl sitzend, feststellen, dass ich in noch einem Punkt recht gehabt hatte.

Ich schlug mir ein paar Mal auf die Brust, aber keiner der Schläge dort im Dunkeln vermochte auch nur im Mindesten die Bedeutsamkeit dieser Erkenntnis zum Ausdruck zu bringen.

Erst einige Stunden später, als ich in der Badewanne lag und dem Tropfen des Wasserhahns lauschte, wurde mir klar, dass ich beim Anblick des Korbstuhls dort im Flur – eine um einiges erstaunlichere Entdeckung als die, die Frau Koshiro im Büro ihres Mannes oder Anna bei Pia gemacht hatte – mich weder bewegt noch einen Laut von mir gegeben hatte.

Na ja, dachte ich und ließ die Schultern unter die Wasseroberfläche sinken, zwei zu eins für mich.

Zu Axel sagte Fredrik, dass er sie selbst gebaut habe.

Alle anderen erfuhren, dass sein Vater ihm geholfen hatte. Er erzählte, wie sie zusammen in dem kleinen Raum gesessen hatten. Wie sein Vater ihm alle Tricks gezeigt hatte, das richtige Werkzeug rausgesucht, über den geeigneten Saunaofen verhandelt und ihm mit der Geschicklichkeit eines guten Handwerkers während der Arbeit so viel von seinem Wissen mitgeteilt hatte, dass Fredrik in Zukunft vielleicht auch allein eine Sauna würde bauen können.

Alle wussten, dass Fredriks Vater Tischler war. Fredrik war stolz auf seinen Vater. Ihm hatte es Spaß gemacht, zusammen mit ihm diese Sauna zu bauen.

Fredrik, der immer seiner Mutter näher gestanden hatte, erlebte, wie sich die Beziehung zu seinem Vater erneuerte. Er mochte es, sich selbst als jemanden zu sehen, der zusammen mit seinem Vater etwas unternahm, und er erzählte gern davon, wie sie Seite an Seite an der Sauna gearbeitet hatten.

Aber zu Axel sagte er, er habe sie selbst gebaut.

Axel wirkte beeindruckt, und das wäre eine großartige Gelegenheit gewesen, sich noch ein wenig größer zu machen, aber Fredrik bereute es fast sofort.

Er fragte sich, ob Eva wohl seine Lüge mitbekommen hatte, und in diesem Fall wusste er nicht, ob das gut oder schlecht war. Wenn sie es gehört hatte, war das peinlich, und wenn sie nichts gehört hatte, bestand die Gefahr, dass sie sich verplapperte. Es war wichtig, dass er diese Situation selbst regelte. Er schielte zu ihr hinüber, als sie Suppenteller und Knoblauchbrot auf den Tisch stellte, um zu sehen, ob er in ihrem Gesichtsausdruck irgendetwas ablesen konnte. Aber ihr Gesicht war völlig ausdruckslos.

Während des Abendessens dachte er unaufhörlich darüber nach, wie er das mit der Sauna zurücknehmen und auf unbemerkte Weise richtigstellen konnte, dass sein Vater ihm geholfen hatte. Wie er das Ganze ungeschehen machen konnte.

Axel saß die meiste Zeit schweigend da und rührte in der Suppe, während Eva und Anna über alles Mögliche redeten. Fredrik bemühte sich mehrmals, die Sprache auf die Sauna zu bringen, aber es war schwer, denn jeder Versuch erschien ihm wichtigtuerisch.

»Wir haben lange darüber nachgedacht, und jetzt scheint es der einzige Weg zu sein«, sagte Anna.

»Seid ihr wirklich sicher?«, fragte Eva.

»So sicher, wie man sein kann«, erwiderte Anna und sah zu Axel, der den Blick auf den Teller gerichtet hatte.

Unter Umständen wäre es am besten, so zu tun, als wäre nichts, dachte Fredrik. Axel kann sich ja auch verhört haben, oder? Aber nein, Fredrik war sehr deutlich gewesen. Je mehr er darüber nachdachte, desto stärker hallten seine eigenen Worte in seinem Kopf wider: »Ich habe sie selbst gebaut.«

»Wir haben es wirklich versucht«, sagte Anna. »Das haben wir wirklich.«

Fredrik sah ein, dass der Fall immer schwieriger werden würde, je mehr Zeit zwischen der Lüge und dem Geständnis verstrich. Er fragte sich, ob er es mit einem Witz beiseite wischen könnte.

»Ich auf jeden Fall«, fuhr Anna fort.

Ich habe schließlich Bilder, dachte Fredrik. Auf denen kann man sehen, wie wir zusammen arbeiten, Papa und ich. Das wäre eine Art Bekenntnis, damit würde ich die Karten auf den Tisch legen.

Ihm wurde der Wortwitz bewusst, konnte ihm jedoch nichts abgewinnen.

»Ist denn etwas Besonderes passiert?«, fragte Eva.

Axel saß nach wie vor da und starrte in die Suppe. Anna wand sich ein wenig.

»Man muss kommunizieren können«, meinte Anna.

»Es ist gut, gemeinsam etwas zu unternehmen«, sagte Fredrik plötzlich und mit lauterer Stimme, als er vorgehabt hatte. Sie schauten ihn an, sogar Axel. Niemand erwiderte etwas.

»Das ist es«, fuhr Fredrik fort. »Papa und ich, wir … wir beschäftigen uns.«

»Nimm noch etwas Suppe«, sagte Eva und schob ihm die Suppenschüssel hin.

»Danke, sie ist wirklich sehr gut«, meinte Anna.

»Sehr gut«, sagte Axel.

Axel und Anna waren gute Freunde. Sie gehörten auf jeden Fall zu der Gruppe Bekannter, die Fredrik und Eva beide als nah bezeichneten. Fredrik reihte sie immer unter seinen besten Freunden ein, doch vor einiger Zeit hatte er begriffen, dass sie ihn eigentlich nicht mochten. Sie mochten Eva. Sie würden niemals hier in ihrer Küche sitzen, wenn seine Frau nicht wäre. Kleine Hinweise und scheinbar unbedeutende Geschehnisse hatten ihn allmählich, aber sicher erkennen lassen, dass Axel nicht sein Freund war. Er war Evas Freund. Vielleicht hatte er deshalb die Mitwirkung seines Vaters beim Bau der Sauna unerwähnt gelassen. Vielleicht hatte er sich genötigt gefühlt, Axel ein wenig zu beeindrucken, um etwas über ihm zu stehen?

»So macht es einfach keinen Spaß«, meinte Fredrik. Er merkte, wie Anna es vermied, darauf zu antworten. Axel sagte immer noch nichts, sondern starrte einfach nur weiterhin in die Suppe, als würde er versuchen, da drin etwas zu finden. Eva streckte einen Arm über den Tisch und nahm Annas Hand. Sie umfasste sie ganz fest.

Axel war ziemlich geschickt mit den Händen. Er war bekannt dafür, ein »Handyman« zu sein. Schweigsam, etwas geheimnisvoll und geschickt. Fredrik war der »Socialman«. Er war ein guter einfühlsamer Zuhörer. Offen, was Gefühle anging. Er wusste, dass alle ihre Frauenbekanntschaften seine gesellschaftlichen Seiten schätzten. Hatte er sich möglicherweise deshalb genötigt gefühlt, auf anderem Gebiet einen gewissen Ausgleich zu schaffen?

Für Fredrik war der Gedanke, dass nicht alle Menschen ihn liebten, ungewohnt. Das verwirrte ihn ein wenig. Fredriks Mutter hatte ihm immer das Gefühl gegeben, dass er der perfekte Mensch sei. Wie konnte es dann passieren, dass Axel ihn nicht mochte? Was hatte er bei ihm denn falsch gemacht?

Und jetzt saßen sie da und schütteten, ohne ein Wort zu sagen, die Suppe in sich hinein. Axel hatte eine tiefe Falte auf der Stirn, und Fredrik sah Annas angespannte Bewegungen. Sie seufzte, als würde sie gleich anfangen zu heulen. Fredrik erwog, es einfach geradeheraus zu sagen: »Ich habe sie gar nicht allein gebaut. Mein Vater hat mir geholfen, und er hat auch das Meiste daran gemacht.« Einfach nur, um es loszuwerden. Aber dann kam ihm das zu eigentümlich vor.

»Aber hört mal«, sagte Eva. »Vielleicht wird es ja wieder. Wer weiß, vielleicht findet ihr eines Tages wieder zueinander.«

Keiner von ihnen erwiderte etwas. Anna nickte kurz, und Axel rührte mit dem Löffel in der Suppe. Diese Situation ist wirklich unangenehm, dachte Fredrik. Ich muss mich erst einmal entspannen.

Und plötzlich merkte Fredrik, wie sich das peinliche Gefühl in Wut verwandelte. Warum saß er eigentlich hier und quälte sich so? Wozu denn? Axel hätte schließlich fragen können. Er hätte das einzig Natürliche in der Situation sagen können, nämlich:

»Sag mal, hast du das alles ganz allein gebaut?«, und Fredrik auf diese Weise dazu aufgefordert, zu erklären, wie es wirklich gewesen war: »Nein, mein Vater hat mir natürlich geholfen«, und damit wäre nichts weiter gewesen. Wenn er überhaupt interessiert gewesen wäre, dachte Fredrik, dann hätte er das genau so gesagt. Jeder vernünftige Mensch hätte das getan. Stattdessen musste er, Fredrik, nun während des Abendessens fortwährend mit einem Stein im Magen verängstigt dasitzen. Das war doch kein Stil, das war rücksichtslos. Fredrik gedachte nicht, sich davon die Mahlzeit verderben zu lassen.

»Wollt ihr die Bilder sehen?«, fragte er so fröhlich wie möglich.

Axel und Anna hielten beide inne und sahen ihn an.

»Jetzt nicht, Fredrik«, sagte Eva.

»Dann könnt ihr mich alle mal«, erwiderte Fredrik und stand auf. Er nahm seinen Teller, stellte ihn mit einem Knall auf die Spüle, verschwand aus der Küche an der neu gebauten Sauna vorbei und legte sich auf das Bett im Schlafzimmer. Sie hatten ihre Chance gehabt. Es konnte ihm keiner nachsagen, dass er es nicht wenigstens versucht hatte.

Das erste Tor

Nun sitzt du also da, wo sie dich hingesetzt haben. In der sicheren Ecke der Wohnung. Ist das überhaupt eine Wohnung? Von diesem Winkel aus siehst du nur eine weiße Wand. Allem anderen nach zu urteilen könnte es sich genauso gut um eine Zelle handeln. Doch nein, es ist schon eine Wohnung. Du hast das bestimmte Gefühl, dass du dich aus eigenem freien Willen hierher gesetzt hast. Auf die einzige kleine Fläche, wo du deine Ruhe hast. Da sitzt du, in der Stille. Das Brummen des Kühlschranks und ein schwaches Rauschen von der Heizung. Es gibt auch einen Tisch im Zimmer. Einen Stift und ein Blatt Papier. Du solltest jetzt etwas schreiben. Du solltest wirklich etwas schreiben. Warum tust du das nicht?

Im Grunde genommen bist du ein sehr fauler Mensch. Deine Freunde würden es Effektivität nennen, sie sagen, du bist schnell, packst die Dinge an und konzentrierst dich auf das Wesentliche. Nur selten befasst du dich mit längeren und umständlicheren Ausführungen. Deine größten Bewunderer würden sagen, dass du prägnant bist, vielleicht sogar genial, aber du selbst kennst die Wahrheit. Du bist faul.

Natürlich würdest du das nie zugeben. Du bist sehr gründlich darin, immer vorbereitet und ordentlich zu sein, sodass keiner in irgendeiner Weise über deine kosteneffektive Einstellung argwöhnen kann. In deinen Bemühungen bist du so eifrig, dass dir fast keine Zeit für das bleibt, was du eigentlich bist: faul.

Wenn du für einen Augenblick entspannst und deine erste Schwäche vergisst, besteht die Gefahr, dass die anderen die zweite Schwäche entdecken, die überdies auch noch viel schlimmer ist: Du bist dumm.

Nicht dumm im Sinne von gemein, sondern im Sinne von nicht ganz richtig im Kopf oder bescheuert.

Aus Angst, dass die Leute herausbekommen könnten, wie es sich in Wirklichkeit mit dir verhält, tust du alles, um immer einen Schritt voraus zu sein und bereits über die Antwort nachzudenken, ehe man dir die Frage gestellt hat, und das ist oft ein mühsames Unterfangen, denn es ist so schwer zu entscheiden, welche Frage man dir stellen wird. Und wann.

Es ist einfach am leichtesten, alle Antworten auswendig zu lernen, wobei es dir deine faule Grundeinstellung ziemlich schwer macht, die Oberhand zu bewahren, und darüber hinaus verbirgt sich in dir noch eine dritte Eigenschaft: Du bist überflüssig. Nur ein Weiterer in der Menge. Irgendeiner. Und alles würde im Grunde genauso gut ohne dich funktionieren. Eigentlich hast du kein Ziel, bist nicht auf dem Weg irgendwohin.

Aber du bist nicht dümmer, als du vorgeben kannst. Du kannst so tun, als wärst du jemand von Bedeutung. Als würdest du eine Rolle spielen.

Und so sitzt du wie ein kleiner Bestandteil der Welt in diesem fast leeren Raum. Keine Bilder an den Wänden, keine Teppiche, kein Radio, kein Fernsehen. Nur das Licht von der Lampe an der Decke. Nur du und das Zimmer. Dein Zimmer, das du versucht hast, neu zu gestalten, sauber, frei von allem Althergebrachten. Offen für neue Impulse, bereit für fremde Stimmen und andere Ausdrucksformen. Aber es blieb gänzlich leer. Es blieb rückstandslos. Ein weißes Blatt liegt vor dir. Es sollte jetzt kommen, aber nichts passiert. Nichts passiert.

Du hast mit dem Polizisten gesprochen, der sagt, dass man dagegen nichts unternehmen kann. Solange sie sich in ihrer eigenen Wohnung aufhalten, können sie machen, was sie wollen. Was wollen sie nur? Er mit dem Feldstecher, und sie mit der Wahnsinnsfrisur. Wie macht sie das bloß? Mit Lockenwicklern und Haarnetz? Warum macht sie das denn jeden Morgen? Für den Alten?

Du hast deine Stoffbahnen aufgehängt, aber es ist, als würden sich ihre Blicke dennoch durch den Stoff und in dich hineinbrennen, durch deine Haut, in deine Seele. Wie sollst du dich davor schützen?

Könntest du nur darüber hinwegsehen, aufhören, an sie zu denken. Sie existieren nicht. Du weißt, dass sie nur ein Ausdruck deiner Paranoia sind, dass du sie in deinem Kopf erschaffst. Trotzdem machen sie dich rasend, paralysieren dich. Du bist außerstande zu arbeiten. Du solltest dich von ihnen befreien. Du solltest dich wirklich von ihnen befreien.

Du stehst auf und läufst im Zimmer umher. Den alten ausgetrampelten Pfad. Fast kannst du ihn schon im Fußboden erkennen. Von der Küche kommend am Fenster entlang einmal durch das Wohnzimmer, dann wieder in die Küche am Kühlschrank vorbei, um den Küchentisch und zurück ins Wohnzimmer. Das setzt wenigstens deine Gedanken in Gang. Zumindest glaubst du, dass du etwas entstehen lässt. Irgendetwas muss sich bewegen. Vielleicht solltest du dir so einen Ball kaufen und ihn gegen die Wand werfen, aber da würden die Nachbarn wahrscheinlich verrückt spielen. Die dann auch noch.

Warum hast du das Gefühl, dass alle um dich herum durchgedreht sind? Möglicherweise bist du es, dem die Kontrolle entgleitet? Hast du dort zu lange gearbeitet? Ist es nicht ein Warnsignal, wenn die Patienten als Einzige noch gesund wirken? Oder zumindest ein paar von ihnen, zum Beispiel Sebastian. Er müsste nicht dort sein. Manchmal hast du das Gefühl, dass er nur spielt. Dass er alles so leid ist, dass er nur aufgegeben hat. Alles laufen lässt. Andere sollen sich um ihn kümmern und die Verantwortung übernehmen.

Aber er ist körperlich stark. Gestern habt ihr zu viert diesen dünnen Körper in Schach gehalten, und trotzdem ist es ihm gelungen, fast die ganze Abteilung in ein riesiges Durcheinander zu verwandeln. Was ist das nur für ein Wille, der da drinnen in ihm aufscheint und solch einen Ausdruck annimmt? Was will er eigentlich? Das Falsche? Vielleicht hat er das Spiel satt. Jedenfalls hast du diesen Eindruck, wenn ihr miteinander redet. Es ist, als könntet ihr euch wirklich unterhalten. Zumindest, wenn er die Medikamente nimmt.

Ist es nicht ein Warnsignal, wenn der Einzige, mit dem man reden zu können glaubt, ein Patient aus der Psychiatrie ist? Wenn alle anderen anscheinend den Verstand verlieren, vor allem die anderen vom Personal? Abgestumpfte, berechnende Schleimer ohne Mitgefühl, die bei den Patienten eigene Regeln aufstellen und Hierarchien einrichten. Vor den Ärzten und den anderen Vorgesetzten eine Fassade aufbauen, aber Patienten eigenmächtig bestrafen und belohnen, um ihren eigenen Status zu sichern. Damit alles läuft, wie sie sagen. Du versuchst immerhin, da nicht mitzumachen, doch das ist nicht leicht.

Du beschließt, einen Spaziergang zu machen. An diesem einzigen freien Abend hattest du gehofft, in Ruhe über deinen Schreibunterlagen sitzen zu können, doch nicht einmal an diesem Abend, an keinem Abend in den vergangenen zwei Wochen haben sie dich in Ruhe gelassen, trotz der Gardinen.

Du bindest dir die Schuhe und gehst zu dem Vorhang, wo sich der Schlitz befindet. Zumindest dieses eine Mal sieht es so aus, als würde der Alte mit etwas anderem beschäftigt sein. Schreibt er etwas auf? Er hat dich noch nicht gesehen. Als er dich entdeckt, nimmt er den Feldstecher hoch. Du winkst ihm zu und sprichst langsam mit deutlichen Mundbewegungen: Tschüss. Ich geh mal kurz raus.

Einen kurzen Moment lang empfindest du fast so etwas wie Zärtlichkeit für diese Menschen, die dir so viel Zeit opfern. Jedenfalls machst du Eindruck. Sie kümmern sich um dich. Du siehst, wie der alte Mann am Fenster den Feldstecher sinken lässt und den Stift in die Hand nimmt. Sich Notizen macht.

Auf dem Weg nach draußen stolperst du beinahe wieder über

den Korbstuhl im Flur, und wieder einmal beschließt du, ihn morgen zur Müllhalde zu bringen. Vielleicht solltest du damit zu deinen Nachbarn da drüben gehen. Das Geschenk weiterverschenken. Der Stuhl bietet ungeheuren Sitzkomfort.

Draußen ist es warm. Endlich ist der Frühling wirklich da. Warum bist du nicht früher rausgegangen? Du fühlst dich stark und bereit, neu anzufangen. Mal sehen, wo warst du? Wolltest nach Mörby rausfahren? Ein Abend im Villenvorort. Na ja. Vielleicht ihn, wie hieß er doch gleich, im Büro besuchen? Um diese Tageszeit? Er wird nicht mehr da sein. Und eigentlich willst du auch gar nicht dorthin, denn irgendwie ahnst du, dass es noch ein anderes Ziel gibt, das nichts mit dem Ergebnis zu tun hat. Das, während alles andere sich vorwärts bewegt, nach innen weist. Völlig egal, wie viel du produzierst. Etwas, das mit dem einfachen, aber verletzlichen Gefühl des Glücks zu tun hat. Das lang andauernde Glück. Das Glück, einfach zu existieren.

Du musst raus, weg, dieses zufällige Selbstvertrauen, den Flow ausnutzen. Ins Zentrum des Geschehens.

Du gehst an einem Schaufenster vorbei und erblickst dein Spiegelbild. Du bist erstaunt, wie gewöhnlich du aussiehst. Als du weitergehst, musst du an den Satz denken: »Das hätte ich sein können.« Du setzt dich in den erstbesten Bus, der kommt. Er fährt über kleine Straßen bis ins Zentrum. Du nimmst hinten auf der letzten Bank in der Mitte Platz, und mit einem Mal hast du ein Gefühl wie damals im Gymnasium. Nichts ist unmöglich. Und jetzt weißt du, wohin du fahren wirst.

Der Bus hält an der Haltestelle Slussen. Du fährst mit dem Fahrstuhl hinauf ins Gondolen und gehst dann über das quer verlegte Parkett im Flur mit den breiten niedrigen Treppenstufen hinauf an die geschwungene Bar mit der Stockholmer Nacht als riesiger Kulisse im Hintergrund. Du bestellst ein Ramlösa und setzt dich, um sorgfältig alle Masken in dem Gewimmel von Gästen in Augenschein zu nehmen.

Der Barkeeper hat alle Hände voll zu tun. Überall um den Tresen stehen die Leute mit ausgestreckten Händen und winken. Ein paar mit Geld oder Kreditkarten. Der Barkeeper versucht, ruhig sein eigenes Tempo beizubehalten. Obwohl er sehr schnell ist, siehst du, wie er immer mehr in Bestellungen ertrinkt. Sie sollten zu zweit sein, denkst du.

An einem Tisch am Fenster sitzt ein Paar, das in eine erregte Diskussion vertieft ist. Sie spricht mit dem ganzen Körper, wahrscheinlich ein wenig angeheitert. Am Tisch daneben ein älteres Paar, gegenüber ein Mann mittleren Alters, der dir nicht unähnlich ist. Alle drei sitzen schweigend da und sehen aus dem Fenster. Die Finger des älteren Mannes fingern an etwas herum, das wie ein Feldstecher aussieht. Sie sehen wie zusammengepfercht aus, als hätte sie jemand gegen ihren Willen dort platziert. Jetzt werden sie zu Abend essen und sich unterhalten. Noch ist kein Wort gefallen.

An der Bar sitzt ein einsamer Typ in einem Anzug, der aussieht, als würde er ihm am Hals die Luft abschnüren. Das Hemd ist viel zu eng und der Schlips sitzt zu fest. Schweigend sitzt er da und sieht sich um. Wonach sucht er? Worauf wartet er? Neben ihm ein Paar, das mit den Stühlen kippelt und so heftig lacht, dass sie mit den Körpern nach hinten rucken, als würden sie Achterbahn fahren.

Auf dem nächsten Stuhl ein bärtiger Mann mit ein paar Briefen und einem Manuskript in der Hand. Er ist sehr betrunken und wedelt mit den Papieren in der Luft. Du siehst, wie das Personal untereinander über ihn tuschelt. Neben ihm hat sich eine Gruppe asiatischer Geschäftsleute versammelt, die sich über irgendetwas aufzuregen scheinen. Sie sprechen laut in einer Sprache, die du nicht verstehst. Einer von ihnen wendet sich dir zu und stellt sich als Mr. Koshiro vor.

»Ich bin Geschäftsführer eines führenden Unternehmens in der Elektronikbranche«, sagt er.

»Ach was, das stimmt doch gar nicht«, gibst du zurück.

Er zieht die Augenbrauen hoch, sieht dir direkt in die Augen und antwortet mit leiser Stimme:

»Nein, Sie haben recht, das stimmt nicht. In der letzten Zeit habe ich angefangen zu lügen.«

»Warum tun Sie das?«

»Ich weiß nicht. Ich lüge und denke mir Sachen aus. Es ist, als würde ich zwischen verschiedenen Persönlichkeiten hin- und herspringen. Können Sie das verstehen? In einem Moment will ich so sein, im nächsten anders. Es überkommt mich einfach. Und Sie?«

»Ich weiß genau, was Sie meinen. Mich gibt es nicht.«

»Nicht? Nicht einmal in der Fantasie?«

»Nein, Sie können vollkommen beruhigt sein. Mir können Sie alles erzählen.«

»Na dann. Koshiro ist nicht mein richtiger Name. Das war eine Rolle, die ich vor einigen Jahren gespielt habe.«

»Warum nennen Sie sich dann so?«

Er lächelt und beugt sich ganz nah zu dir herüber. Du kannst einen schwachen Geruch von Alkohol wahrnehmen. Er lockert den Schlipsknoten ein wenig.

»Wissen Sie, ich mochte diese Rolle. Sie fühlte sich mehr nach mir an als ich. Verstehen Sie?«

»Absolut.«

»Vielleicht ist es die Person, die ich sein will, wer weiß. Aber die Serie wurde schon nach der ersten Staffel eingestellt. Ich finde das schade. Ich hätte ihn gern noch etwas länger gespielt. Es ist, als könnte ich ihn nicht loslassen, oder er mich.«

Er zeigt auf seine Brust.

»Er ist die ganze Zeit da drin. Und wenn sich die Gelegenheit ergibt, dann nutze ich sie, damit er mal ein wenig an die Luft kann. Ich habe auch diesen Minister gespielt.«

»War das nicht eine Frau?«

»Crossdressing.«

Du nickst und fragst, wie ihm sein Job gefällt. Ist er gern Schauspieler? Er lehnt sich zurück und lächelt.

»Das ist schon eine Weile her. Ich bin einige Zeit arbeitslos gewesen. Eine Zeit lang habe ich auch erwogen, alles aufzugeben und Psychologie zu studieren. Aber man hat schließlich Blut geleckt. Jetzt bin ich dabei, eine Art Rollenspielvariante eines Computerspiels zu entwickeln. Die Hälfte findet im Netz statt, die andere Hälfte in der Wirklichkeit. Im Moment warte ich gerade auf meinen Mitspieler.«

Er zeigt auf das rote Taschentuch in der Brusttasche.

»Mein Erkennungszeichen. Und Sie?«

»Ich bin Schriftsteller.«

»Sieh mal einer an.«

»Ja, das ist wirklich ein Zufall. Vor allem, wenn man bedenkt, dass ich es bin, der Sie schreibt.«

»Mich? Sie meinen, meine Rollen?«

»Nein, ich meine Sie. Das, was Sie sagen und tun.«

Er verstummt und sieht dich lange an. Dann steht er auf, und einen Augenblick lang weißt du überhaupt nicht, was er tun wird. Du weißt es wirklich nicht. Schließlich sagt er:

»Dann können Sie mir vielleicht sagen, warum ich mich so verhalte.«

»Nun ja«, antwortest du. »Ich weiß nicht. Das beunruhigt mich ja. Normalerweise habe ich eigentlich die volle Kontrolle, aber Sie, Sie benehmen sich sonderbar, unlogisch. Absolut nicht wie die gewöhnliche Welt da draußen.«

»Ja?«, fragt er.

»Das macht mir ein wenig Angst.«

Er setzt sich langsam wieder auf den Stuhl, und du meinst, so etwas wie ein Lächeln auf seinen Lippen erahnen zu können. Er betrachtet dich mit einem mitfühlenden, fast nachsichtigen Blick. Er hat auf jeden Fall die Oberhand wie ein Zirkusclown, der sich plötzlich an jemanden direkt im Publikum gewendet hat. Dir bleibt nur zu warten. Er lehnt sich wieder vor.

»Und jetzt? Was werde ich jetzt tun?«, fragt er.

Du nimmst einen Schluck Wasser und schaust hinaus auf die

wunderbare Aussicht über das Verkehrskarussell da unten. Wie große Urzeittiere fahren drei Busse gleichzeitig los. Die U-Bahnen begegnen sich wie zwei Würmer mitten auf der Brücke, sehen so aus, als würden sie einen kurzen Moment lang zusammenhängen, dann werden sie auseinandergerissen, jede in ihre Richtung. Die Regentropfen auf den Fensterscheiben lassen die ganze Stockholmer Nacht mit allen ihren Schildern und Autos und Menschen auf dem Weg irgendwohin zusammenfließen. Aus dieser Entfernung sieht es fast aus wie ein Muster. Ein in ständiger Veränderung begriffenes Muster.

Jemand hinter dir lässt einen Drink auf den Fußboden fallen. Glasscherben und Eisstückchen sausen euch zwischen den Füßen hindurch. Ein Kellner kommt mit einer Kehrichtschaufel und bittet euch aufzustehen, damit er den Teppich unter euch wegziehen kann.

Ein Regentropfen rinnt die Scheibe hinab und macht einen Strich durch alles Gepunktete. Da draußen auf dem Fensterblech sitzen Kaj und Tony, die Krallen fest um die glatten Kupferkanten, und putzen sich die Federn. Kaj dreht ein Auge zur Scheibe und schaut in die Bar hinein.

»Was ist passiert?«, fragt er.

»Sie wollten zusammen zu Mittag essen«, sagt Tony. »Aber sein Freund ist nie gekommen.«

»Na und?«, fragt Kaj und reckt den Hals.

»Das macht man doch nicht. Nicht mit einem Freund.«

»Kommt drauf an.«

»Worauf?«

»Was vorher passiert ist.«

»Vorher ist nichts passiert«, entgegnet Tony.

»Woher willst du das wissen?«, gibt Kaj zurück.

»Weil es so immer anfängt. Vorher ist nichts. Es ist nichts passiert.«

»Irgendwas muss wohl vorher passiert sein, oder?«

»Und wenn, dann ist es jedenfalls nicht von Bedeutung.«

»Woher willst du das wissen?«

»Davon hätte man sicher gehört.«

»Kommt drauf an.«

»Worauf?«

»Welche Reihenfolge man nimmt«, meint Kaj und wirft den Kopf zurück, sieht sich um und fliegt davon.

Es sollte ein Theaterstück werden. Doch die Rollen wurden zu viele und zu laut. Sie kamen und nahmen Platz, sie bedienten sich und hielten sich überhaupt nicht an die Sache. Alle forderten sie ihre eigene Hauptrolle.

Zum Schluss konnte ich sie nicht länger behalten. Ich tat, was am besten für uns alle war, und nahm sie aus einem Zusammenhang heraus, in dem sie sich ohnehin nie richtig wohl gefühlt hatten. Ich beförderte sie in ein Dokument auf demselben Schreibtisch. Natürlich schaute ich ab und an bei ihnen vorbei, denn sie hätten ja in der Zwischenzeit etwas erleben können.

Die Besuche wurden häufiger und die Rollen mit jedem Mal mehr und größer. Zum Schluss gaben sie mir zu verstehen, dass sie längst keine Rollen mehr waren. Sie waren »Charaktere«, selbstverständlich. Handlungen und eigene Geschichten.

Weil sie ursprünglich vom Theater kamen, vertraten sie alle – in Kombination mit schlechtem Selbstvertrauen und großem Bedürfnis nach Bestätigung – den festen Standpunkt, dass gerade sie am wichtigsten waren. Dass gerade ihre Geschichte diejenige war, die das Leben des Publikums verändern würde. (Euch kann ich verraten, dass keine ihrer Geschichten jemals irgendein Leben verändern wird.) Einer von ihnen kam in mein Büro, um mir von dem Mal zu erzählen, als er nicht imstande war, etwas zu tun. »Nichts?« fragte ich. »Nö«, sagte er, »nichts. Ich kam nicht vom Fleck, ich stand nur da, mitten auf dem Flur.« »Warum genau glaubst du, dass so etwas spannendes Theater wird?« fragte ich. Er zuckte mit den Achseln. »Es handelt doch von mir.« »Oder ein anderes Mal, als ich in der Schlange stand und das Wort ›Familienmenü‹ nicht sagen wollte.« »Familienmenü?« fragte ich. »Genau«, sagte er und sah mich erwartungsvoll an. »Ich werde sehen, was ich tun kann«, sagte ich. »Gut«, erwiderte er. »Könnte in Schweden allerdings schwierig werden«, sagte ich. »Vielleicht in Deutschland.«

Ein anderer wollte Hilfe dabei, sein ambivalentes Verhältnis zur Hausarbeit zu beschreiben. Ein Dritter wollte sein Herz über die Ordnung im Laden um die Ecke ausschütten.

Und natürlich war es ihnen innerhalb relativ kurzer Zeit gelungen, sich in komplexen Beziehungen und allen möglichen Verhältnissen zueinander zu verstricken, die sich in manchen Fällen als unentwirrbar erwiesen.

Ich habe mein Bestes getan, sie in Schach zu halten. In den Fällen, in denen sie trotzdem untereinander intrigieren, kann ich nicht zur Verantwortung gezogen werden. Irgendeine Form von eigenem Leben muss ihnen erlaubt sein.

Seid nicht zu hart zu ihnen. Vielleicht sind sie trotz allem nicht so anders als wir anderen.

Jonas Karlsson

II

Das kleine rote Nippesding

Am liebsten würde er sowohl das Geschirr spülen als auch das Schlafzimmer aufräumen und dieses kleine rote Nippesding reparieren, das seit Weihnachten auf dem Tisch im Flur steht.

Aber sie wird bald zurück sein, und er weiß, dass allein das Spülen sicher mindestens eine Stunde dauern wird. Wenn er es ordentlich machen will.

Seine Frau bringt das ältere Kind in die Tagesstätte, während er mit dem Baby, das gerade schläft, zu Hause ist. Und er spürt die unausgesprochene Übereinkunft: Wenn das Baby schläft, gilt es, so viel wie möglich zu erledigen.

Also geht er in sich und kommt zu dem Ergebnis, dass das Nippesding im Flur sicher den größten Eindruck auf sie machen würde. Es würde einen unerwarteten Einsatz auf einem Gebiet darstellen, das seit Langem in Vergessenheit geraten ist. Nach Hause zu kommen und zu sehen, dass es wieder geklebt und zusammengeschraubt worden war, wäre, als ob man in der Tasche des Sommerjacketts Geld finden würde. Es wäre definitiv ein Plus.

Auf der anderen Seite erwartet sie, dass er das Geschirr spült, und das nicht zu tun, würde – jetzt einmal völlig unabhängig von dem Nippesding – eine Enttäuschung bedeuten.

Das Sicherste wäre, jetzt schnell mit dem Geschirrspülen anzufangen, und sowie er damit einigermaßen fertig war, sich ein wenig dem Schlafzimmer zu widmen, vielleicht sogar noch eine Maschine Wäsche anzustellen, und sich nicht weiter um das Nippesding zu kümmern, das sowieso zu einem Teil der Einrichtung werden würde.

Aber jetzt, da er es entdeckt hat, tut es ihm weh, sich einfach nicht darum zu kümmern. Er kann es ja sehen. Er weiß, dass sie das beeindrucken und erfreuen würde, und er möchte ihr gern eine Freude machen, aber kann er sie damit wirklich beeindrucken? Ist es nicht vielmehr der kurze Zeitraum, der einem für das tägliche Saubermachen zur Verfügung steht, eine Maßnahme, die der Partner mit Recht erwarten kann? Den kurzen Zeitraum, den man dazu nutzt, das Alltagsdurcheinander auf ein erträgliches Maß zu reduzieren? Die Mülleimer müssten auch geleert, die Windeltüten zum Müllschlucker gebracht werden. In einer Stunde wird sie zurück sein, und dann muss er sofort zur Arbeit.

Eine knappe Stunde. Er schaut auf die Uhr und sieht ein, dass es jetzt fast nur noch fünfzig Minuten sind. Damit ist die Sache entschieden. Er steckt den Stöpsel ins Spülbecken und lässt Wasser hineinlaufen. Sie wird an das kleine rote Nippesding heute keinen Gedanken verschwenden. Sie beachtet es ebenso wenig, wie er es bis heute getan hat, als sein Blick aus irgendeinem unerfindlichen Grund plötzlich daran hängen blieb. Er wird noch jede Menge Zeit haben, sich damit zu befassen und sie zu überraschen. Sie glücklich zu machen.

Denn es ist ihm vollkommen bewusst, dass die Arbeit, der er sich jetzt widmet, ihre Stimmung in keiner Weise verbessern wird. Sondern nur verhindern wird, dass sie nicht weiter sinkt. Das hier ist ein Routineauftrag.

Er räumt die restlichen Teller vom Frühstückstisch. Er faltet die Zeitungen und die Werbeblätter so zusammen, dass sie so wenig Platz wie möglich in der Papiertonne wegnehmen. Eine große Handelskette leistet sich eine dicke Beilage mit Gartengeräten, die in die Morgenzeitung gestopft worden war. So schummeln sie sich an dem Bitte-keine-Werbung-danke-Schild am Briefkasten vorbei.

Er hat sich noch nie für Gartengeräte interessiert, und diese Publikation ist mehr als hässlich. Alle Rasenmäher, Rasensprenger und Sprinkler sind auf einer Art Plastikrasen ausgestellt. Abgesehen davon sind sie teuer. Faszinierend teuer. Eine rasche Berechnung, was eine Familie mit Haus nur für das Allernotwendigste hinlegen muss, ergibt, dass es sich um gut und gerne zehntausend

Kronen handelt. Und wenn man in der Preisklasse noch ein wenig höher geht, und noch höher … Auf Seite sechsunddreißig hört er den Schlüssel im Schloss.

Und er weiß, dass er das Spülen und Putzen nicht erledigt hat. Und dass es diese Versäumnisse sind, die ihm zumindest ein wenig ein schlechtes Gewissen machen und ihn zu der Einsicht bringen sollten, dass er ein schlechter, unmoderner Lebenspartner ist. Aber was ihn am schwersten trifft und in seiner Erinnerung noch eine ganze Weile nachklingen wird, ist, als er sie vom Flur her murmeln hört:

»Wann werden wir endlich dieses Ding da …«

Er begreift, dass sie in ihrer Beziehung an einem Punkt angelangt waren, an dem der Alltag die romantische Intuition zerstörte. Und das ist erst der Anfang. Gleich wird sie in die Küche kommen und auch noch das Geschirr sehen.

Den Verstand einer Schlange

Sie hat überhaupt kein Gefühl dafür, wie man sich in einer Schlange anstellt. Jetzt steht sie ziemlich weit rechts, beim Regal mit den Süßigkeiten. Wenn sie so weit von der Kassenschlange entfernt steht, uns anderen den Rücken zukehrt und mit diesem suchenden Blick die Süßigkeitentüten abscannt, eine nach der anderen, dann gibt es wirklich absolut keinen Grund zu glauben, dass sie darauf wartet, an die Reihe zu kommen. Dass sie überhaupt wartet. Sie sieht in höchstem Maße aus wie jemand, der noch einkauft.

Und ich kann ja auch später gekommen sein, in den letzten Sekunden dazwischengerutscht sein. Das kann nicht sie entscheiden, von da hinten kann sie mich nämlich unmöglich bemerkt haben. Schließlich habe ich ihr Gesicht noch nicht gesehen, nur ihren Rücken. Und dieser Rücken kauft nach wie vor ein.

Sie hat keinen Wagen oder Korb hingestellt, um ihren Platz zu markieren. Vielmehr hat sie zwischen sich und der Schlange eine echte Lücke gelassen. Sie ist abgebogen und voll damit beschäftigt, weiter einzukaufen. Selbst wenn sie sich dafür entscheiden sollte, keine Süßigkeiten zu kaufen, denkt sie zumindest darüber nach. Und solange sie darüber nachdenkt, ist sie mit dem Einkaufen noch nicht fertig.

Ich bin fertig. Ich habe meine Einkäufe im Einkaufskorb. Und weil ich aktiv Schlange stehe, schiebe ich mich mit dem Rest der Reihe nach vorne. Sonst würde ich den Rhythmus der anderen Kunden stören. Diejenigen, die sich eventuell hinter mir anstellen, fühlen sich dann gestört. Ich schiebe meinen Korb direkt hinter die Frau, die vor der Ausschererin steht, und schließe so die Lücke. Ich folge der Schlange in ihrer Bewegung. Das ist nur natürlich.

So, jetzt bekommen wir Gesellschaft. Hinter mir stellt sich ein älterer Herr an. Er hat bestimmt keine Lust, jemand vorzulassen, der seinen Einkauf noch nicht beendet hat, in eine Schlange, in der wir anderen geflissentlich anstehen. Im Falle einer möglichen Konfrontation wird er definitiv auf meiner Seite sein. Er hat nicht gesehen, wie sie in der Schlange stand. Er hat sie am Süßigkeitenregal stehen sehen, zwischen verschiedenen Marken wählend. Am Ende entscheidet sie sich für Marabou, die kleine, schmale mit Mandelsplittern. Zu viel für eine Person, für zwei könnte es allerdings etwas knapp werden. Will sie sie ganz allein aufessen?

Jedenfalls schiebt sie jetzt ihren Wagen zurück. Als ob nichts geschehen wäre. Sie schiebt ihren Wagen mit dem Rücken zu mir zurück, auf meinen Korb zu. Sie sieht ihn nicht. Sie denkt nicht nach.

»Oh«, sagt sie, als sie mit den Waden an meinen Korb stößt. Sie sieht zu mir auf und bemerkt uns beide, mich und den Herrn, der hinter mir steht. Sie lächelt. Ich lächle nicht. Sie murmelt eine Entschuldigung und sieht sich verwirrt um. Schließlich stellt sie sich hinter dem Mann an.

Ich komme an die Kasse, bezahle und packe alles in Tüten ein. Der Herr hinter mir hat nur einen Liter Milch, und als er bezahlt hat, ist sie auch sofort dran und kann sich neben mich ans Band stellen, noch ehe ich fertig mit Einpacken bin. Sie sagt nichts. Sie tut, als wäre nichts.

Als ich alles eingepackt habe und mit meinen Tüten davongehen will, nehme ich Blickkontakt mit der Frau auf. Sie lächelt wieder. Ich lächle nicht. Ich sage rundheraus, wie es ist.

»Das haben Sie sich selbst zuzuschreiben.«

Familienmenü

Du weißt, dass Annika Fleischbällchen essen will, und du den Lachs. Und weil diese Kombination »Familienmenü« heißt, wäre es das Einfachste, »Einmal das Familienmenü« zu sagen, damit die Frau an der Kasse gleich den richtigen Preis eingibt.

Aber du willst nicht »Familienmenü« sagen.

Du willst, wie um unterschwellig gegen das Unternehmen zu protestieren, wie um zu zeigen, dass du eigentlich gegen diese Art großer multinationaler Konzerne bist, die die ganze Welt übernehmen und vereinfachen und die Originale verdrängen, die Vielfalt nehmen, junge Designer ausnutzen und sicherlich in bestimmten Teilen der Produktion auch Kinderarbeit einsetzen, du willst so tun, als wüsstest du nicht, wie es richtig heißt.

Genauso weigerst du dich, Big-Mac-Menü in einem Wort zu sagen. Zum einen, weil es nun wirklich kein Menü ist, und würde man das einfach ohne Diskussion akzeptieren, dann hieße das, dem Konzept hundertprozentig zuzustimmen und deren Bedingungen als deine eigenen zu akzeptieren, und zum anderen, weil es so aussehen würde, als würdest du dich dort allzu heimisch fühlen, als wärst du Stammgast bei McDonald's. Stattdessen erschwerst du die Sache für dich und bestellst alle Teile einzeln. Und wenn die Bedienung hinterher sagt: »Also, Sie meinen ein Big Mac-Menü?«, dann kannst du immer noch nicken.

Und diese Haltung nimmst du jetzt ein, mit der Absicht, deine Selbständigkeit zu manifestieren und zu zeigen, dass du einen gewissen Geschmack besitzt. Du willst demonstrieren, dass du hier nur zufällig vorbeigekommen bist. Aus einer feineren Welt, in der man nicht richtig weiß, wie hier geredet wird.

In Wirklichkeit weißt du nur allzu gut, was man wie sagt. Du bist in diese Art von gesellschaftlicher Unternehmenskultur hingeboren worden und aufgewachsen. Das hier ist ein Heimspiel für dich, hier liegen deine Wurzeln. In Wirklichkeit ist genau die Tatsache, dass du die Codewörter so gut kennst, der Grund, weshalb du jetzt das Bedürfnis verspürst, abzuweichen. Und Annika ist ebenfalls klar, dass du weißt, was man wie sagt. Sie hat schon mehrmals gehört, wie du es ausgesprochen hast. Kürzlich habt ihr euch darüber unterhalten. Womöglich hast du sogar selbst das Wort benutzt. »Sollen wir das Familienmenü nehmen?«

Es wäre nichts als dumm, in dieser Situation nicht die korrekte Bezeichnung anzuwenden, wo du doch weißt, was du haben willst, und das so wie schnell möglich, damit ihr es vielleicht heute Nachmittag noch zum Weihnachtsbasar der Kunst- und Designschule schafft. Vor allem würde es, wenn überhaupt, nur deinen gesellschaftlichen Minderwertigkeitskomplex gegenüber Annika offenbaren, die selbst nicht die geringsten Probleme zu haben scheint, »Familienmenü« zu sagen.

Aber die Zeit hier in der Schlange, buchstäblich zusammengepfercht mit einer Menge anderer glücklicher, nicht selbst reflektierter Konsumenten, die sich gehorsam in abgetrennten Bahnen und mit ungefähr denselben Waren wie du in ihren gelben und blauen Taschen vorwärtsbewegen, hat dein altes Bedürfnis geweckt, herauszustechen, gegen deine Ursprünge zu rebellieren, zu zeigen, dass du es geschafft hast. Und je mehr du dich der Kasse näherst, desto unwahrscheinlicher wird es, dass du die korrekte Bezeichnung – Familienmenü – verwenden wirst.

Das Beste wäre, wenn Annika mal kurz verschwinden würde, sodass du nur dieses eine Mal deine Abneigung und deine innere Distanz bekunden könntest. Damit du in aller Ruhe der Kassiererin und allen, die hören, wie du bestellst, gegenüber deine Position herausstellen könntest. Du unternimmst alles, um sie loszuwerden, damit sie schon mal Plätze frei hält oder auf den Einkaufswagen aufpasst.

Aber Annika hat nicht vor, auf so etwas einzugehen. Sie hat es eilig, und sie wird niemals gutheißen, dass du dir die Zeit nimmst, irgendjemandem zu beweisen, wer du bist, während sie auf ihr Essen warten muss.

Und an der Kasse tust du so, als wäre dir etwas eingefallen.

»Warte mal kurz. Ich komme gleich«, sagst du und bittest Annika zu bestellen. Dann verschwindest du und wühlst in der riesigen blauen Tüte. Du gibst vor, nach etwas zu suchen, um sie gerade noch sagen zu hören:

»Einmal das Familienmenü bitte.«

Und irgendwo in dir verspürst du ein unmerkliches triumphierendes Gefühl darüber, dass es dir wieder einmal gelungen ist. Und dieses Gefühl hält so lange an, bis du dich an den Tisch gesetzt hast und ein Mädchen mit einer Stimme, die schriller klingt als die von Fran in »Die Nanny«, durch das ganze Lokal brüllt:

»Familienmenü!«

Und, als niemand antwortet, noch einmal:

»Wer hatte das Familienmenü?«

Weil Annika auf der Toilette ist, stellst du zu deinem Entsetzen fest, dass du derjenige bist, der rufen muss:

»Ich, hier drüben.«

Und du musst den Satz sogar zweimal wiederholen, da sie dich beim ersten Mal nicht hört. Zudem musst du Unglücksrabe auch noch aufstehen, sodass alle sehen können, wer du bist.

Und wer bist du eigentlich? Einer, der sich davonschleicht und seiner Frau den unangenehmen Part überlässt? Was bist du überhaupt für ein Mensch, der hier mit sich selbst diskutiert? In welcher Weise soll das denn den geschundenen Kindern in der Dritten Welt helfen oder gar dein eigenes Selbstbild richten? Was glaubst du, wie viele Leute sich dafür interessieren, wie du dein Essen bestellst? Wenn du wirklich etwas verändern wolltest, hättest du hier nicht einkaufen sollen. Das wäre ein Anfang, du peinlicher, selbstherrlicher Siebzigerjahre-Heuchler.

Reiß dich zusammen.

Noch Probleme? Dann darfst du die mit nach unten nehmen. Zur Selbstabholung.

Zivilcourage

Ich sehe ihn schon von weit hinten im Flur, und ich glaube zuerst, dass er ein Möbelstück ist oder vielleicht eine Pflanze. Als ich mich nähere, erkenne ich, dass es ein Mensch ist. Er steht völlig unbeweglich da, leblos erstarrt mitten in einem Schritt, und es ist, als würde er mich anschauen.

»Verdammt, was ist denn?«, möchte ich fragen. »Warum stehen Sie hier so herum?«

Er steht direkt vor dem Fahrstuhl mitten im Flur im vierten Stock. Festgefroren in einer Bewegung, als würde er »Wer hat Angst vorm Schwarzen Mann« spielen, und zwar genau in dem Augenblick, als der Schwarze Mann sich umdreht und seine Mitspieler anschaut. Und er ist gut. Er ist ohne Frage der beste Schwarzer-Mann-Spieler, den ich je gesehen habe.

Ansonsten ist niemand auf dem langen Flur im vierten Stock zu sehen, nur ich und der fremde Mann, der sich keinen Millimeter aus seiner Position bewegt.

»Hallo«, sage ich.

»Ich bin hier gerade voll beschäftigt«, das antwortet er nicht. Er sagt nichts. Er ist absolut still. Aber das ist es, was er denkt. Seine ganze Erscheinung vermittelt diesen Gedanken.

Dann bemerke ich, dass er gar nicht mich anschaut. Sein Blick ist in die Luft direkt hinter mir gerichtet, wo die Wand an die Decke grenzt.

Ich gehe um ihn herum, er steht wie eine Statue da, vorgebeugt, die Hand wie zu einem Gruß ausgestreckt, als würde er sich auf irgendeine Weise mitteilen wollen. Vielleicht ist ihm eingefallen, dass er mal seine Schuhe zubinden müsste. Ja, so ist es: »Ich binde mir nur noch schnell die Schuhe zu. Dann komme ich.«

Als ich mich um den Körper herum bewege, höre ich das schwache, tappende Geräusch meiner Halbschuhe auf dem Nadelfilzteppich im Flur im vierten Stock. Gewiss, es ist erstaunlich leise. Meine eigenen Geräusche sind das Einzige, was man hört. Meine Schuhe auf dem Teppich. Kleider, die sich aneinanderreiben. Meine Atemzüge.

Er sieht sehr gut aus. Hübsches dunkles Haar, gut gekämmt. Kurzer Vollbart, schicker Anzug, der teuer aussieht, jedoch auch von Dressman sein kann. Aus der Brusttasche schaut ein großes rotes Seidentaschentuch hervor. Ich habe ihn noch nie zuvor gesehen.

»Ich muss weiter. Es wartet jemand auf mich«, auch das sagt er nicht. Aber wieder kommt es mir so vor, als würde er das denken.

Es fühlt sich jetzt besser an, hier für einen kurzen Moment neben ihm zu stehen. Da bekomme ich eine andere Perspektive.

Genauso gut könnte er eine Schaufensterpuppe sein. Mit diesem perfekten Körper und der modernen Kleidung, Kleider für den reifen, distinguierten Mann. Doch jetzt, nachdem ich ihn eine Weile angeschaut habe, kann ich deutlich erkennen, wie er atmet. Der Brustkorb hebt sich etwas und senkt sich wieder, oder besser gesagt, in dieser vorgebeugten Stellung senkt er sich erst und hebt sich dann erneut. Ansonsten hält er den Körper mit beeindruckender Konzentration in Schach.

Je mehr ich ihn betrachte, desto erstaunter bin ich über diese Position. Es gibt zwei deutliche und gänzlich entgegengesetzte Richtungen im Körper. Eine weist nach vorne und nach oben. Sie will mit den anderen mithalten, hat einen gewissen Zeitrahmen einzuhalten. Die andere Richtung hingegen strebt nach unten und will etwas aufheben, wodurch er aufgehalten wird.

Er ist mitten in der Bewegung erstarrt, mitten in der Karriere.

Ich habe schon von Hunden gehört, die in schwierigen Situationen einschlafen. Wenn ein Dackel von zwei Seiten gleichzeitig angegriffen wird, dann löst er das Problem, indem er sich hinlegt und schläft. Vielleicht konnte er sich nicht entscheiden. Vielleicht waren beide Richtungen exakt und ganz genau gleich viel wert. Für ihn ging es einfach nicht mehr weiter.

Wo sind nur alle Menschen?, frage ich mich. Gibt es denn niemanden, der ihm helfen kann? Wie lange er wohl schon dort steht?

Keine Menschenseele ist zu sehen. Niemand außer mir befindet sich auf diesem Stockwerk. Sogar der Fahrstuhl steht still. Ist die Zeit stehen geblieben, ohne dass ich es gemerkt habe? Habe ich als Einziger hier nicht bemerkt, wie die Zeit stehen geblieben ist? Warum bin ich immer der Letzte, der alles mitkriegt?

Ich schaue auf meine Armbanduhr. Sie geht. Der Sekundenzeiger tickt genauso wie immer. Wahrscheinlich sind die Leute alle beim Mittagessen. Oder sie sitzen einfach still in ihren Büros. Wahrscheinlich haben sie Arbeit zu erledigen. Es liegt nicht an mir. Er ist hier der Clown.

Ich gehe um ihn herum und stelle mich vor ihn hin. Irgendetwas stimmt nicht. Er scheint doch nicht der Typ zu sein, der »Wer hat Angst vorm Schwarzen Mann?« spielt. Allein, im Flur eines großen Unternehmens.

Plötzlich klingelt ein Handy. Das Klingeln kommt aus der Innentasche seines Jacketts. Nicht einmal jetzt bewegt er sich auch nur einen Millimeter. Kein Wimpernschlag. Das Telefon klingelt noch immer. Ich hätte nicht übel Lust, es herauszuholen und zu antworten. Dann hört das Klingeln auf und es piept. Jemand hat eine Nachricht hinterlassen.

Ich versuche herauszukriegen, ob er hier in der Firma irgendeine Position hat oder ob er nur ein geschickter Pantomime ist. Er hat weder einen Hut noch eine Dose dabei, in die man Geld werfen könnte, aber vielleicht hat die Konzernleitung ihn im Voraus bezahlt, oder er hat sich selbst Zugang verschafft, um hier den Laden aufzumischen. Womöglich schickt er ja hinterher eine fette Rechnung für die ungebetene Vorstellung.

»Was wollen Sie?«, frage ich, und ich höre den ängstlichen dümmlichen Klang, den meine Stimme angenommen hat. Sie glaubt nicht an einen Dialog. Es ist, als würde ich mit mir selbst reden. Oder als würde man zuhören, wie jemand versucht, mit einem Anrufbeantworter zu sprechen. Er bleibt stumm.

Das muss eine unbequeme Stellung sein. Es sieht unnatürlich aus, wenn jemand so mitten im Gehen stehen bleiben kann, wie aus einem Bild herausgeschnitten. Es ist wirklich schwer zu erkennen, wie er das Gewicht verteilt hat. Wahrscheinlich ist es ein Trick. Ich kenne diese anstrengenden Typen, lassen die Freunde warten und geben alles für einen practical joke.

»Hallo«, sage ich jetzt etwas lauter. »Lassen Sie das. Man könnte ja denken, Sie meinen das ernst.«

Ich schaue mich sorgfältig im Flur um. Stelle sicher, dass wir nach wie vor allein sind. Und dann mache ich das einzig Richtige: Ich werfe ihn um.